dtv

Man schreibt das Jahr 1917. Lenin besteigt *nicht* den plombierten Waggon von Zürich nach St. Petersburg. Die russische Revolution findet *nicht* statt. Stattdessen erlebt die Schweiz einen kommunistischen Umsturz, und die Geschichte des 20. Jahrhunderts entwickelt sich völlig anders, als wir sie heute kennen.

›Ich werde hier sein im Sonnenschein und im Schatten‹ ist eines der erstaunlichsten, irritierendsten und faszinierendsten Bücher des Jahrzehnts. Der Roman entwirft das Bild vom Ende unserer Utopien und zeigt, was hätte sein können. Kühn schafft Christian Kracht innerhalb uns bekannter Koordinaten eine völlig fremde Welt. »Mit kantigen, kalten Sätzen stanzt Kracht eines jener Bücher in die Literaturlandschaft, die es braucht, damit man den Kopf klar bekommt«, schreibt Elmar Krekeler in der ›Literarischen Welt‹.

Christian Kracht, Schweizer, 1966 geboren, zählt zu den modernen zeitgenössischen Schriftstellern. Nach ›Faserland‹ schrieb er den Asien-Klassiker ›Der gelbe Bleistift‹. 2001 erschien sein Roman ›1979‹. Von 2004 bis 2006 gab Kracht zusammen mit Eckhart Nickel die Literaturzeitschrift ›Der Freund‹ in Kathmandu heraus. Seine Bücher sind in zahlreiche Sprachen übersetzt. Zuletzt veröffentlichte er den Roman ›Imperium‹.

Christian Kracht

Ich werde hier sein im Sonnenschein und im Schatten

Roman

dtv

Ausführliche Informationen über unsere Autoren und Bücher
www.dtv.de

Von Christian Kracht
ist bei dtv außerdem erschienen:
New Wave (13775)

5. Auflage 2015
2010 dtv Verlagsgesellschaft mbH & Co. KG, München

Umschlagkonzept: Balk & Brumshagen
Umschlagbild: Corbis/Philadelphia Museum of Art
Druck und Bindung: Druckerei C.H.Beck, Nördlingen
Gedruckt auf säurefreiem, chlorfrei gebleichtem Papier
Printed in Germany · ISBN 978-3-423-13892-5

Meiner Frau
Frauke Finsterwalder

Alle hier beschriebenen Personen und alle Begebenheiten sind, von den gelegentlich erwähnten Personen des öffentlichen Lebens abgesehen, frei erfunden. Jede Ähnlichkeit mit lebenden Personen oder tatsächlichen Ereignissen ist unbeabsichtigt.

„Don't you find it a beautiful clean thought,
a world empty of people, just uninterrupted grass,
and a hare sitting up?"
D. H. Lawrence

„Ukaipa dziwa kuwina."
(Wenn du hässlich bist, lerne tanzen.)
Sprichwort der Nyanja

I.

Es war die erste Nacht ohne das ferne Artilleriefeuer, es war die ganze Nacht still. Der Hund schlief auf dem steinernen Fussboden, und ich hörte seinen unregelmässigen Atem. Er zuckte mit den Pfoten, manchmal träumte ihm wohl. Ich lag im grauwollenen Nachthemd auf dem Holzbett, zerdrückte die Flöhe und das andere Getier, das mir auf der Haut herumlief, und rauchte Zigaretten. Die Laken waren schmutzig, und das Kissen roch nach Menschentalg, so konnte ich nicht schlafen.

Am Morgen, noch vor Sonnenaufgang, wurde mir Tee gebracht, heisser, starker, ungezuckerter Schwarztee. Während ich ihn trank, half mir mein mongoloider Bursche, die Stiefel anzuziehen, und umwickelte mir dann die Waden mit den Filzstreifen. Der Hund sass an der Tür. Es war Ende Winter und klirrend kalt in der Stube; letzte Woche hatte es fast ununterbrochen geschneit.

„Fertig?"

„Ja, Herr", antwortete der Bursche. „Ihre Mütze, Herr. Es hat Frost. Minus fünfzehn."

„Danke."

Nachdem ich angezogen war und mein Notizbuch in die Manteltasche geschoben hatte, öffnete ich die Tür und ging nach draussen. Der Hund folgte mir nicht. Heute war Brazhinskys Tag.

Ich war Parteikommissär in Neu-Bern, an meiner Mütze steckte das weiss-rote Zeichen. Unsere 5. Armee hatte die Stadt vor einer Woche wieder eingenommen. Der Schnee roch nach Eisen. Es knirschte und knackte unter meinen Stiefeln. Eine Pfütze zersplitterte. Die herausgerissenen Seiten eines deutschen Buches lagen unter dem Eis, fast waren einzelne Sätze zu lesen. Eine hölzerne Tür wurde zugeschlagen, während ich die Allee hinunterging. Krähen schreckten hoch. Hellblau schimmernde Eiszapfen fielen von den durchhängenden Stromkabeln und zerschellten am Boden. Zerschmetterte Morphiumampullen lagen umher. Die Sonne ging auf. Es wurde nicht wärmer.

Wie war es nur im Sommer gewesen, als die Erde weich und krumig lag? Man konnte sich nicht mehr daran erinnern, wie man sich auch nicht an Gesichter erinnern konnte. Die Jahreszeiten verschwanden, es gab kein Auf und Ab mehr, kein bemerkbarer Wechsel, ebenso keine Gezeiten, keine Wogen, keine Mondphasen, der Krieg ging nun in sein sechsundneunzigstes Jahr. Wie war es im letzten Sommer gewesen, wie im Sommer davor, wie noch letzten Vollmond? Der Fluss der Zeit hatte es aus der Erinnerung gewaschen. Die Hindustanis im Osten sagten, es sei das Zeitalter der Kali Juga. Man erinnerte sich nicht mehr. Es waren nun fast einhundert Jahre Krieg. Es war niemand mehr am Leben, der im Frieden geboren war.

Der Weg zum Bahnhof schien jeden Morgen wie eine Theaterkulisse; erst ging es an mit Rauhreif überzogenen Wellblechhütten vorbei, dann kam ein Gatter, Bäume, immer wieder schwarze Vögel, die gerade so aufflatterten, als ziehe sie ein unsichtbarer Bühnenmeister an einem Bindfaden durch die Szenerie. Die Sonne glitzerte kalt im Schnee. Ein gepanzertes, ausser Gefecht gesetztes deutsches Automobil stand quer, man hatte es noch nicht weggeräumt. Weit in der Ferne, im Süden, waren die vereisten Berge zu sehen.

Am Bahnhof sprach ich mit dem Telegrafenbeamten, dem ich regelmässig Geld gab, damit er mir die unverschlüsselten Depeschen vor dem Obersten Sowjet zeigte, vor allem vor dem Divisionat und der Sicherheitspolizei. Die Verbindung nach Norden war zwar in der Nacht nicht unterbrochen worden, aber hinter Karlsruhe – nichts, wie immer. Speyer, Strassburg, das vor Jahren von uns zerstörte und von den Deutschen wieder eingenommene Heidelberg, nichts.

Der Telegrafenbeamte bat mich in sein Büro und kochte uns einen übelschmeckenden Tee, den er aus den Staubresten in einer schmutzigen Teedose geborgen hatte, dann reichte er mir einige Depeschen. Das Frontpapier, auf dem die getuschten Schriftzeichen standen, war von schlechter Beschaffenheit; es ähnelte jenem Papier, welches unseren Soldaten zur sauberen Verrichtung ihres Geschäfts ausgegeben wurde. Während er heisses Wasser aufgoss, kratzte er sich am ganzen Körper, wie Kinder es tun, Kriegsversehrte oder Hunde. Die Stube war kalt, unser Atem war zu sehen. Ich überflog die Schriftzeichen, eine Zigarette rauchend, während er sich durch den schmutzigen Bart fuhr und ausrechnete, wieviel er diesmal an mir gespart hatte, den guten koreanischen Ziegeltee trank er nur allein.

In der ersten Depesche waren zwei Mitteilungen auszumachen: Das Revolutionskomitee in Schweizerisch-Salzburg ersuchte den hiesigen Sowjet, einen gewissen Oberst Brazhinsky sofort festzunehmen. Das war kein Problem, wenn er sich hier in Neu-Bern aufhielt. Zweitens: Marschall von Koltsch hatte sich den Tschechen ergeben, die ihn ihrerseits an das Revolutionskomitee in Schweizerisch-Salzburg überstellt hatten. Die Schriftzeichen der zweiten, dritten und vierten Depesche waren verschlüsselt, ich vermutete, dass sie sich lediglich auf die erste bezogen.

„Sie tuschen sehr schlecht." Die Schriftzeichen waren nicht sauber aufgetragen, die Ränder waren fleckig und faserten aus.

„Verzeihen Sie, es ist so kalt. Meine Hand zittert morgens. Aber die deutschen Bestien werden auch frieren, Eidgenosse, diesen Winter. Nehmen Sie noch etwas Tee?"

„Nein. Danke."

Der Beamte öffnete die Tür des kleinen eisernen Ofens und legte ein Stück Holz nach. Die Temperatur in der Stube veränderte sich nicht. „Nehmen Sie doch noch eine Tasse. Es wird Sie wärmen. Nein?"

Ich antwortete nicht, sondern drehte die Teetasse um, stellte sie eine Spur zu laut vor ihn auf den Tisch und sah erneut auf die erste Depesche.

Vom deutschen Marschall von Koltsch wusste ich, dass er Kokainist war. Er liess sich von seinem Adjutanten einen Koffer verschiedenfarbiger Monokel und Prismen hinterhertragen, die er sich, der Farbton dem Tageslicht entsprechend ausgewählt, vor das Auge band, so sah er die Welt stets durch ein ewig wechselndes, buntes Kaleidoskop. Das synthetische Kokain schliesslich muss ihm zum Verhängnis geworden sein, er habe, so sagten die Schriftzeichen, mit General Lal paktiert, und seine von den Briten unterstützten faschistischen Brigaden waren am Ende, besiegt.

In Rumänien und am Schwarzen Meer standen die hindustanischen Armeen unter General Lal, jene furchterregenden Soldaten in ihren orangefarbenen Uniformen. Lal, der Bezwinger des Westens, Lal und die grausamen Sinti-Divisionen, die sich ihm angeschlossen hatten, Männer mit langen Schnauzbärten, geschminkten Augen und goldenen Ohrringen, die vorne auf die Sättel ihrer Pferde schwere Maschinengewehre montierten, so dass sie während des Reitens schiessen konnten. Es hiess, dass sie kein Tier assen, welches Füsse oder Federn hatte. Und oben, im Nordosten, war die koreanische Front bei Neu-Minsk nur zwei oder drei Wochen entfernt.

„Was will uns Schweizerisch-Salzburg damit sagen?"

„Ich weiss es nicht, Eidgenosse", antwortete der Beamte.

„Bemühen Sie sich. Oder raten Sie doch einfach."

„Vielleicht ... Vielleicht wollten sie nicht warten, bis jemand Geld für den deutschen Marschall bietet. Und für seine Truppen. Die Hindustanis nehmen jeden."

„Mag sein. Aber was haben sie mit ihm gemacht?"

„Es steht weiter unten, dort."

Ich folgte seinem Zeigefinger, den Tuschezeichen die Seite hinab. Marschall von Koltsch habe man am siebten Februar in Schweizerisch-Salzburg erschossen und unter das Eis der Salzach gestossen. Ich liess das Papier sinken und sah den Beamten an. Nach den üblichen Liquidierungen der höheren Offiziere seien die deutschen und britischen Soldaten vor die Wahl gestellt worden, die Uniformen unserer Divisionen anzuziehen oder sich gegen die Wand stellen zu lassen. Ich legte die Depeschen auf den Tisch.

„Das ist mir unbegreiflich. Er hätte überstellt werden müssen. Hierher."

„Ja."

„Wie lange liegt dies in Neu-Bern?"

„Weniger als eine halbe Stunde, Eidgenosse. Heute morgen ist es hereingekommen."

„Wer weiss noch davon?"

„Nur Sie und ich, Eidgenosse."

„Dann senden Sie es unverzüglich hinüber zum Divisionat. Eine Kopie durch den Draht, eine Kopie durch Ihren Burschen. Er soll hinreiten. Schnell."

„Jawohl."

Der Beamte verschwand in den Hof, um seinem Burschen die Depesche in die Manteltasche zu stecken. Ich hörte, wie einem Pferd die Peitsche gegeben wurde. Auf dem Schreibtisch des Beamten lag, neben ein paar ausgefransten Tuschpinseln, eine silberne Taschenuhr. Er hatte vorhin hastig ein gekochtes Ei zum Frühstück gegessen, auf dem blechernen Teller lagen noch die Schalen. Ich aschte auf den Fussboden und nahm die Taschenuhr in die Hand. Sie war in La Chaux-de-Fonds hergestellt worden, noch im letzten Jahrhundert, sie lag schwer in der Hand. Auf der Rückseite waren einmal ein Name und ein Datum eingraviert gewesen, jemand hatte die Gravur mit der Spitze eines Messers unleserlich gemacht. Ich steckte die Uhr in meinen Mantel.

Der Telegrafenbeamte war unzuverlässig. Seine Vorfahren waren Fabrikbesitzer in Mährisch-Brno gewesen. Er hatte, das wusste ich, noch im Dezember mehrere Züge der tschechischen Legion ungehindert nach Osten fahren lassen. Es war legal, aber nicht richtig gewesen; das Divisionat wurde informiert, aber das Parteikommissariat nicht. Als er wieder hereinkam, sah ich ihn an, und er wich meinem Blick aus.

Tatsächlich unzuverlässig. Ich hatte ihn im Verdacht, er kenne die Schlüssel zu den chiffrierten Depeschen. Nicht Öl in der Maschine, sondern Sand. Ich warf den Stummel der Papierosy in den Ofen und stand auf, um zu gehen.

„Herr."
„Ja?"

„Es ... es heisst, der Pole habe sein Geschäft geschlossen und sich ausgerüstet."

„Wann?"

„Das bedeutet, er will fliehen, nicht wahr, Eidgenosse?"

„Wann? Wann hat er sich ausgerüstet?"

„Bei ... Brazhinsky, ich meine, bei sich selbst. Gestern Nachmittag. Er hat ein Gewehr gekauft, Munition, Dosenfleisch, Felle, Salz."

„So?"

„Hundescheisse, sogar ein zweites Paar Stiefel." Er kicherte ein unkontrolliertes Glucksen, es lag etwas furchtbar Abnormes darin.

„Gut."

„Eidgenosse?"

„Sehr gut."

Der Beamte machte einen kleinen Buckel und hielt die Hand vor die Zähne, als könne er seine Freude kaum verbergen. Gelbliche Absonderungen getrockneter Spukke klebten ihm in den Mundwinkeln, möglich, dass es auch Reste des Hühnereis waren, das er zum Frühstück gegessen und nicht sauber abgewischt hatte. Ich schob ihm die Schachtel Papierosy hin, über den Schreibtisch, neben den Teller mit den Eierschalen. Er nahm sie nicht, sondern besah sich seine schmutzigen Fingernägel.

„Und?“

„Ein so kleines Geschenk. Eidgenosse, ich dachte ...“

„Denken Sie lieber nicht. Sie sind noch am Leben.“

„Jawohl, Herr, jawohl“, sagte er und verbeugte sich mehrmals, fast kroch er am Boden. Rasch schob er die Schachtel Zigaretten in die Brusttasche seiner Uniform.

„Bei Oberst Brazhinsky, haben Sie gesagt?“

„Ja, Herr, bei Brazhinsky, beim Polen, beim Juden.“

„Gut. Eines noch. Ihre Taschenuhr.“

„Herr?“

„Sie ist konfisziert.“

Ich trat hinaus in die Kälte, schlug die Tür hinter mir zu und beobachtete eine Weile meinen Atem, um mich zu beruhigen. Revanchist. Antisemit. Warum mussten nur manche Menschen in diesem Land so einen Hass fühlen? Er wäre bei den Deutschen besser aufgehoben, im Norden. Oder bei den Engländern. Vielleicht sollte man ihn austauschen, vielleicht sogar verzeigen. Nein, das wäre der falsche Weg. Die Partei durfte nicht zu einem Moloch werden. Die Stärke der SSR war ihre Menschlichkeit.

Die Gleise rechts und östlich des Bahnhofs verloren sich in sonnenbeschienener, weisser Einsamkeit. Staubfeine, fast unsichtbare Kristalle überzogen die Strassen der Innenstadt. Der braungelbe, feuchte Schmutz des lange vergessenen Sommers und des Krieges war an den Hauswänden und in den Arkaden zu dreckigem Eis erstarrt. Schatten huschten über die strahlenden Kreuzungen; grossgewachsene, hagere Neu-Berner Oberländer Bauern mit Astrachanmützen auf dem Kopf; verwundete Soldaten unserer Armee, deren Gesichter mit Mullbinden bandagiert waren und deren hochgeklappte Ärmel, in denen einmal ein Unterarm oder eine Hand gesteckt hatte, mit Sicherheitsnadeln an die Schulterklappen befestigt waren; blonde Mwanas in viel zu langen, zerrissenen Mänteln hüpften über das Kopfsteinpflaster; Velo fahrende Greisinnen, die noch nie den Frieden gesehen hatten, fuhren winkend vorbei; zerzauste Bettler stritten sich mit Hausierern um Schnürsenkel oder um Salz; Hunde dösten in der schwachen Wintersonne und erwachten nur, wenn der Camion des Hundeschlachters, dessen Motorengeräusch sie sich alle genauestens eingeprägt hatten, um die Ecke bog.

Es war notwendig, dass der Krieg weiterging. Er war der Sinn und Zweck unseres Lebens, dieser Krieg. Für ihn waren wir auf der Welt. Ein Pferd stand unangebunden an einem Haus. Unendlich weit oben am Himmel sirrte das Geschoss einer deutschen Langstreckenkanone, von Norden kommend, nach Osten. Manchmal fielen sie herab und schlugen bei uns ein. Es war reiner Zufall, wiewohl man natürlicherweise erst den Einschlag wahrnahm und dann das Geräusch des sich nähernden Geschosses.

Eine Abteilung welscher Soldaten stand vor einem Wohnhaus und bewarf sich mit Schneebällen. Als die Soldaten mich kommen sahen, liessen sie den geformten Schnee fallen und strichen sich mit klammen und geröteten Händen rasch vorne die Mäntel glatt. Es waren fast noch Mwanas. Sie salutierten. Ich erkannte einen von ihnen. Er hatte persönlich einem gefangengenommenen deutschen Soldaten in Chur, nachdem sie ihn ausgezogen hatten, seine eigenen Epauletten an die nackten Schultern genagelt, mit einem Holzhammer. Danach war der Deutsche, verblutend, wimmernd und halb verrückt vor Angst, an einen Lindenbaum gebunden und erschossen worden.

Als ich vorbeigegangen war, schneuzten sie sich in den Schnee, statt ein Nastuch zu nehmen. Ich hörte sie hinter mir lachen. Einer sagte leise „Schneemensch", das war ihr Wort für uns, und die anderen zischten „Psst", denn für derartige Äusserungen gab es ein Jahr Zwangsarbeit in den zuunterst liegenden Schichten der Réduit-Stollen. Ich drehte mich nicht um, obgleich ich es gehört hatte. Die Welschen waren nicht zu erziehen, niemals, am schlimmsten unter ihnen waren die jungen.

Brazhinskys Gemischtwarenhandlung war in der Münstergasse. Er würde erst um acht Uhr öffnen, also lief ich eine Weile unten am Ufer der Aare entlang und beobachtete etwas, das wie ein grosses Stück Treibholz aussah, welches braun und verloren aus dem eisigen Wasser des Flusses ragte. In der Mitte musste es eine wärmere Strömung geben, das Holz tauchte immer wieder unter und kam dann zwanzig, dreissig Meter weiter erneut zwischen den Schollen zum Vorschein.

Ein Ast stand schräg von dem Stamm ab, es sah aus wie ein im Winken erstarrter Arm. Nach einer Weile war er weg, ganz untergegangen. Ich dachte daran, wie viele Kollaborateure unter das träge dahinschwimmende Eis der Aare gesteckt worden waren. Unsere Soldaten, meist Welsche, hatten Löcher in die Eisplatten geschlagen, den Menschen einen Revolver an den Kopf gehalten und ihnen bedeutet, sie könnten sich entscheiden – Kugel in den Kopf oder den Sprung in das Loch. Das war vor einer Woche gewesen, inzwischen sollte es solche Ausschreitungen nicht mehr geben, auch dafür hatte ich als Parteikommissär zu sorgen. Die Deutschen hatten Neu-Bern lange besetzt gehalten, fast acht Jahre lang.

Auf einer Bank sitzend, rauchte ich eine Zigarette. Ich schrieb in mein Notizbuch: „Koltsch – Divisionat – Tschechen – Brazhinsky." Unsere Feinde hatten sich im Gegensatz zu uns eine hohe Buch- und Schreibkultur erhalten; in der SSR war in den Generationen des Krieges die Sprache wichtiger geworden, die Wissensübertragung geschah durch das gesprochene Wort. Die deutsche Propaganda schimpfte uns „Untermenschen" und

„Berganalphabeten“; ich hatte jedoch lesen und schreiben gelernt und mich zur Benutzung eines Notizbuches erzogen. Meinen Kollegen erschien dies zwar nicht als verdächtig, sie zogen mich jedoch auf. Da kommt der Kommissär mit dem Notizbuch, sagten sie, wie malerisch. Ich zog es vor, diese kleinen Sticheleien zu ignorieren. Ich war doppelt und dreimal so effizient wie sie. Um zehn nach acht sah ich auf die Taschenuhr des Telegrafenbeamten, zog die Handschuhe wieder an und spazierte, die kalten Hände in den Taschen, zur Münstergasse hinauf.

Eine alte Frau, eine Deutsche, überquerte rasch die Allee, als sie mich kommen sah, um auf dem gegenüberliegenden Trottoir weiterzugehen. Sie bekreuzigte sich und spuckte aus.

„Rotes Tier! Mörder!“, schrie sie über die Strasse.

„Später, Mutter.“

Das Geschäft in der Münstergasse war verschlossen. Ich läutete mehrmals. Brazhinsky war natürlich nicht da. Eine der grossen Fensterscheiben war eingeschlagen; über die schwere Holztür und quer über den unzerbrochenen Teil des Glases hatte jemand mit dickem Pinsel „Śmierć Żydom“ geschrieben, mit roter Farbe. Jude stirb. Ich zog den Handschuh aus, kratzte mit dem Fingernagel an der Farbe und roch daran. Es war Schweineblut.

In der Auslage des Geschäfts war ein Turm aus Weinflaschen aufgebaut, daneben lagen einige Felljakken, Decken, Ampullen für die Aurotherapie und, etwas zurückgesetzt, ein weiterer Turm aus Corned beef in Dosen. Die Scherben des Fensters lagen kristallin auf den Decken und wie Puderzucker auf den Fellen, es schien aber nichts zu fehlen. Eine jener kleinen eisernen Sonden schwebte fünf Zentimeter über den Felljacken, leuchtete und drehte sich um die eigene Achse. Sie sang etwas, diesmal hörte ich hin.

Meine Augen sind geschlossen. Geschlossen. Ich komme nur ganz kurz hierher. Berge und Wolken. Vögel sind dort. Ich höre sie. Ich bin an diesem Ort. Verloren.

Die Sonde drehte sich immer schneller, summte nicht mehr, wurde dann immer schwächer, erlosch und verschwand. Ich hockte mich in die Knie. Die Schmiererei war noch frisch. Im Schnee neben der Tür und unter dem Fenster waren rote Farbspritzer. Die Täter mussten den Eimer mit Schweineblut erst hier abgestellt haben, auf der Schwelle des Geschäfts, dann mit einem Pinsel, nein, mit einem in das Blut getauchten Lappen die beiden Worte hingeschrieben haben. Aber warum auf polnisch? Weil Brazhinsky Pole war? Die Fussspuren eines Einzelnen führten durch die Arkaden und dann die schneebedeckte Gasse hinauf. Ein einzelner Mann.

Ich lief einige Stunden durch die zerstörten Aussenquartiere Neu-Berns, durch Breitenrain und Lorraine, dann linker Hand über den Behelfsponton wieder hoch in Richtung der recht gut erhalten gebliebenen Altstadt. Die Träger der von den Deutschen gesprengten Lorrainebrücke ragten wie graue Gräten aus den eisigen Wassern der Aare. Der Bärengraben war leer, die Faschisten hatten die Tiere vor langer Zeit verhungern lassen. Bei einigen bombardierten Häusern waren nur Hausfronten übriggeblieben, Fassaden. Sie standen am Strassenrand oder etwas weiter hinten auf einem Feld, ohne Dach, nur die Hausmauer selbst war zu sehen. Durch die Löcher der Fenster sah man auf das, was dahinter lag, man sah wie durch eine Kastenkamera in das weissbestäubte Grünbraun, dort auch in das schneebedeckte Stoppelfeld, dahinter der blaue Himmel. Es war erneut, als seien diese ruinierten Häuser Theaterkulissen, die jemand dort hingeschoben oder -gezogen hatte, neben den von deutschen Granaten aufgeworfenen Erdhügeln und den zerborstenen Holzbalken, deren Enden schwarz verkohlt und schartig aufwärts ragten.

Hier in dieser zerstörten Ödnis werden wir die Theatergebäude errichten, hier den Sowjetrat, hier die Fabriken, hier die Staatsbank. Berühmte Architekten werden sie bauen, nicht wahr? Ja, modern wird alles sein, aus Glas und Eisen, modern und vor allem mit menschlichen Zügen und Proportionen. Wir werden die Kirchen und Kapellen wieder einreissen, die die Deutschen gebaut haben, diese Stätten der Erniedrigung und der heuchlerischen Anbetung eines toten Gottes. Und wie gelange ich in die Stadt, wenn ich von Basel komme, von Graz, von Lyon? Über den neuen Ring, Eidgenosse, dort wird eine silberne Schienenbahn fahren, rund um die Uhr. Und am Steuer werden unsere zuverlässigen Bruder-Freunde sitzen, sie werden jedem Fahrgast salutieren. Wir werden das Strassennetz ausbauen, von Bordeaux bis nach Laibach, von Karlsruhe bis nach Ventimiglia. Dann die pneumatischen Tunnelbahnen, gigantische, unterirdische, sich in der von knisternder Elektrizität erhellten Dunkelheit kreuzende Netze. Von Basel bis Mailand in nur sieben Stunden. Und dann, später: Raketen. Rotbemalte Raketen. Mit dem weissen Kreuz darauf. Wir werden mit Hindustan Frieden schliessen, mit Korea, mit dem Grossaustralischen Reich. Wir werden die deutschen und die britischen Faschisten besiegen, aber nicht unterjochen. Das ist unser Weg. Wir werden goldene Dörfer bauen und goldene Städte. Ich komme nur ganz kurz hierher. Berge und Wolken. Vögel sind dort. Ich sehe sie nicht.

II.

Der Rotgardist salutierte am Tor. In seinem Gesicht – in den Mundwinkeln – war der feinste Hauch eines Lächelns zu sehen. Ich war es gewohnt. Das Kommissariat des Obersten Kantonssowjet in Neu-Bern, bei dem ich meinen Antrittsbesuch erst nach den vom Reglement erforderlichen vier Tagen machte, war in der requirierten Villa des deutsch-türkischen Generals Ertegün untergebracht, der während seines brutalen Regimes als Gouverneur der Stadt nicht nur die Erträge unserer Alliierten verschwendet, sondern die alte schweizerische Hauptstadt fast vollständig ausgeblutet hatte. Ertegün konnte man mit Fug und Recht als Unmenschen bezeichnen, er hatte keine Gnade zu erwarten. Er wurde vor ein Kriegsgericht gestellt und vor drei Tagen – es war ein noch kälterer Tag als dieser – an einer Hauswand in der Adolf-Wölfligasse erschossen. Ich war bei der Exekution anwesend und erinnerte mich genau an die Wölbung seines teigigen Bauches unter dem Hemd, an den starren Blick des Generals, an seine arrogant vorgetragene Weigerung, eine letzte Zigarette zu rauchen, und schliesslich an den zusammengesackten, blutüberströmten Leichnam im Schnee. Ein Korporal war nach vorne getreten und hatte ihm mit einem Revolver den coup de grâce gegeben.

Die SSR benötigte das überholte und bourgeoise Konzept einer Hauptstadt nicht mehr, es gab lediglich fluktuierende Zentren der jeweiligen politischen oder militärischen Macht, Grenoble, Laibach, Schweizerisch-Salzburg, Basel, Klagenfurt, Neu-Bern, Triest, das zerstörte Zürich wurde gerade wieder aufgebaut, Strassburg und Karlsruhe hatten wir wohl erneut an die Deutschen verloren. Es lag etwas Grosses in der Luft, ich konnte es spüren, es schmeckte metallisch und scharf im Gaumen; eine Veränderung, ein Zeitenwechsel, ein Aufflammen des Krieges zu unseren Gunsten. Ich sah es an der aufrechten, selbstbewussten Haltung des Rotgardisten am Tor, vielleicht war München schon jetzt gefallen, vielleicht bald.

Der Oberste Sowjet in Neu-Bern bestand aus vier Männern, alle Militärs; es war jedoch keiner anwesend, um mich zu empfangen, was entweder an dem heillosen

Durcheinander lag, das in der Villa herrschte, oder an dem von gegenseitigem Misstrauen geprägten Umgang des militärischen Stabes und der politischen Abteilung des Sowjets miteinander. Uniformierte verschiedenster Ränge schwirrten umher, andere trugen die weissen Kittel des wissenschaftlichen Stabes, es ging zu wie in einem Bienenstock. Ich fragte mich zu der militärischen Heeresleitung der 5. Armee durch und wurde an eine Divisionärin Favre verwiesen, die, so wurde mir mitgeteilt, die hiesige Kontaktstelle zum politischen Kommissariat bekleidete. Ich klopfte an ihre Tür.

Die Divisionärin blickte zu mir auf. Ich mochte sie. Draussen, vor dem Fenster am anderen Ende des Ganges, sass ein Schneesperling auf einem weissbedeckten Ast und putzte sich das Gefieder. Ich zog die Türe hinter mir zu. Die Divisionärin war gerade dabei, die ausgeblichenen Stäbe des I-Ching auf die grüne Linoleumplatte ihres Schreibtisches zu legen, jene vierundsechzig Hexagramme, in denen Eingeweihte die gesamte Geschichte und Zukunft der Welt zu lesen vermochten. Sie sah auf meine Uniform, und ich sah einen Augenblick Erstaunen in ihrem Gesicht, ebenso schnell fasste sie sich wieder.

„Divisionärin." Ich legte die flache Hand an die Mütze. „Hexagramm Sechsunddreissig, wie heisst es? *Ming Yi*, 明夷, die Verfinsterung des Lichts", sagte ich.

„Kommen Sie nur herein, Kommissär." Sie lächelte und salutierte zurück. „Ich bin Favre. Nein, nicht *Ming Yi*, sehen Sie? Hexagramm Vierundfünfzig. Das heiratende Mädchen. *Gui Mei*, 歸 妹. Sie kennen das I-Ching. Sie sehen mich überrascht." Sie legte ihre Hände schützend über die Stäbe. Favre war eine hagerere, fast asketisch wirkende Frau, ihr Adamsapfel hüpfte in ihrem Hals hin und her wie ein Springball. Sie trug ihr eisengraues Haar militärisch kurzgeschoren. Ihre Augen waren hellgrau und wässrig, wenig schien ihnen zu entgehen.

„Womit kann ich dem Parteikommissär dienen? Tee? Wodka?"

„Tee, bitte."

„Natürlich, Tee."

Ihre Uniform war etwas zu gut geschnitten für einen Schweizer Sowjet. Vor ihr auf dem Schreibtisch lag eine mit einem Hornknauf versehene Reitgerte aus Bambus. Das Zimmer war äusserst sparsam eingerichtet, dennoch wirkte es auf eigentümliche, mir nicht vertraute Weise elegant. Eine Reispapierlampe, eine Divisionatskarte der Schweizerischen Sowietrepublik an der Wand, zwei Kurbelapparate aus schwarzem Bakelit, zwei Stühle, eine einfache Feldliege, darauf eine akkurat gefaltete graue Filzdecke. Politisch gehörte sie zum mittleren Flügel der Thurgauer Allianz, nicht unbedingt suspekt, aber auch nicht exakt auf Parteilinie. *Orientalistin* stand schwarz unterstrichen in meinem Notizbüchlein über sie. Dahinter: *Korea?*

„Nehmen Sie, Kommissär." Ihre Hand umschloss eine himmelblaue, fast durchsichtig scheinende Teetasse. „Es ist ein spezieller Orangentee aus den Bergen des oberen Hindustan. Berge, neben denen unsere in der SSR sich ausmachen wie Grabhügel. Schmeckt Ihnen der Tee? Es heisst ..."

„... es sei der bevorzugte Tee des General Lal."

„Ja, ja, das stimmt. Das steht uns eben auch noch bevor, wenn wir uns nicht vorsehen." Favre lächelte und blickte nach unten, was hübsch anzusehen war. „Orangefarbene Uniformen und Orangentee. Die kognitive Dissonanz. Sehen Sie?"

Ich lächelte zurück. Es würde viel schwieriger werden als mit dem Telegrafenbeamten am Bahnhof. Wo lagen ihre zukünftigen Loyalitäten? Vielleicht doch nicht bei den Koreanern, dann aber etwa bei Lal? Die SSR hatte vieles erreicht, jedoch die byzantinische Verflechtung, die fast surreale Komplexität ihrer militärischen Allianzen und deren Schatten, der Scheinallianzen, und wiederum deren Schatten machten mich noch immer, nach all den Jahren, sprachlos.

„Man wird Sie nicht empfangen haben im Stab. Deshalb sind Sie zu mir gekommen."

„Immerhin, eine Divisionärin. Können Sie sich vorstellen, warum der Stab mich nicht sehen will?“

„Wir sind hier an der Front, Kommissär. Das Politische tangiert das Militärische erst am Abend, wenn die Kanonen schweigen.“

„Dies ist seit einer Woche der Fall. Nun greift meine Abteilung. Das wissen Sie genausogut wie ich.“

„Bitte.“

„Das politische Kommissariat verlangt vom Kantonssowjet in Neu-Bern das Einschreiten nach dem Kriegsrecht der SSR. Wir brauchen vor allem anderen: Disziplin. Keine Ausschreitungen, keine Pogrome, keine Deportationen, keine willkürlichen Erschiessungen.“

„Die deutschen Faschisten haben es nicht anders verdient. Erinnern Sie sich an die Massaker in Heidelberg, in Basel. In Linz wurde eine ganze Brigade mit der Mitrailleuse exekutiert, obwohl sie sich ergeben hatte. Als die Kugeln knapp wurden, hat man die Soldaten mit Spaten und mit Äxten erschlagen. Die Deutschen verstehen nur eines: Härte und nochmals Härte. Wir sind im Krieg geboren, und im Krieg werden wir sterben.“

„Nur weil wir die gleiche Sprache sprechen, sollen Menschen wieder unter das Eis gestossen werden?“

Wir sprachen ja auch Deutsch, durch eine Volte der Geschichte sprachen wir wie unsere Feinde. Waren wir nicht verwandt?

„Dann sind wir nicht anders als Ertegün. Das ist nicht unser Weg.“

Favre lächelte erneut, diesmal sah es gar nicht hübsch aus.

„Einer wie Sie muss ihn ja kennen, unseren Weg."

„Einer wie was?"

„Vergessen Sie es. Wer ist unters Eis gestossen worden?"

„Von Koltsch. Seine Offiziere."

„Woher wissen Sie das?"

„Es ist meine Aufgabe, Dinge zu wissen."

„Es ist gefährlich, Dinge zu wissen, Eidgenosse."

„Sie drohen mir? Einem Parteikommissär von Neu-Bern?" Ich ging um ihren Schreibtisch herum, bis ich direkt hinter ihr stand. Favre wendete irritiert den Kopf abwechselnd nach links und rechts hinten. Das gewienerte Leder ihrer hohen, haselnussfarbenen Pferdelederstiefel ächzte.

„Der Deutsche von Koltsch war schlussendlich Marschall, also ein politisch nicht unwichtiger Gefangener. Er hätte nach Neu-Bern überbracht werdem müssen, anstatt in Schweizerisch-Salzburg hingerichtet zu werden."

„Aber ich wusste davon nicht ..."

„Das schützt Sie keineswegs. Sie sind Kommunistin. Sie haben an der Partei vorbei gehandelt."

„Sie haben etwas gegen mich persönlich, Eidgenosse. Das ist es. Weil ich eine Frau bin. Gerade Sie."

„Nein." Jetzt lächelte ich. „Schauen Sie, Ihre Uniform ist mir eine Spur zu eitel, Divisionärin Favre. Und von der Dekadenz zur Unzuverlässigkeit ist es nur ein ganz kleiner Schritt." Ich zündete mir eine Papierosy an und setzte mich auf Favres Schreibtischkante. „Offiziere unseres Militärs, gerade Thurgauer Offiziere, sind schon für weitaus weniger des Amtes enthoben worden."

„Gut, ja, ich gebe es zu. Es war ein Fehler. Er ist eben anders, als ich dachte, der Kommissär. Mein Fehler." Sie verschränkte die Arme. „Ich hätte Sie informieren müssen. Ja, das hätte ich." Sie deutete auf meine Uniform. „Aber wir müssen uns erst noch daran gewöhnen, dass Menschen wie Sie auch Anweisungen geben." Sie sah aus dem Fenster. Ich schwieg; ich wusste, was jetzt kam.

„Afrika", sagte sie. „Der erste Kontinent. Unser Abenteuer: das Hinterland. Wärme. Gras. Sonne. Die Kinder spielen dort barfuss, nicht? Ich war noch nie da. Die Schweiz, sie verdankt Afrika viel."

Ich sah aus dem Fenster. Die Sonne schien. Die Äste eines Ahornbaumes befreiten sich geräuschlos von einer Schneelast. Nach einer Weile ging sie hinüber zum Kabinett, öffnete die Glastür, schenkte Wodka aus einer Flasche in ein Wasserglas und schüttelte den Kopf.

„Ich hätte es melden müssen."

„Allerdings. Aber es ist bereits in Ihrer Fiche, Favre. Es ist schon vermerkt, und die Fehler werden sich häufen. Jetzt ist es zu spät."

„Sie sind noch viel unerbittlicher als wir, Kommissär. Aber es nimmt mich nicht wunder. Wir haben Sie schliesslich dazu gemacht." Sie trank einen Schluck Wodka. Es war elf Uhr morgens. „Sie sind doch nicht wirklich hier, um mir Vorhaltungen über einen deutschen Kokainisten zu machen. Was wollen Sie von mir?"

Ich blätterte in meinem Notizbuch. „Was wissen Sie über Brazhinsky?"

„Oh, Sie schreiben ja. Das ist sehr interessant. Sie meinen den polnischen Arzt. Oberst Brazhinsky. Er hat ein kleines Geschäft in der Münstergasse. Morphium, Glaswaren, Dosenfleisch, Hundefelle, kleine Sonden, solche Sachen. Seit Jahren schon, auch unter Ertegün. Ist er nicht Jude? Man sollte ihn verhaften."

„Ihre antisemitische Haltung ist mir nicht nur persönlich widerwärtig, sie ist auch imperialistisch, faschistisch und deutsch. Es ist die Haltung des Feindes. Ich glaube fast, ich habe genug gehört. Auf Wiedersehen, Favre."

Ich klappte mein Notizbuch zu und stand auf, um zu gehen. „Denken Sie an Ihre Fiche."

„Warten Sie, Kommissär, warten Sie." Sie hielt lachend beide Hände hoch. „Ich ergebe mich. Nebelgranate. Sie sollen es wissen. Brazhinsky ... er hat Satori erreicht."

„Satori? Wo liegt das?"

„*Wo* ist sehr gut. So kann nur ein Apparatschik fragen. Ich hätte nicht gedacht, dass es mit unseren Freunden aus dem Süden schon so weit gekommen ist. Wo liegt Satori, Kommissär? Kommen Sie, ich will es Ihnen erklären. Aber nicht hier."

Sie zog ihren Mantel über die Schultern, trank den Wodka aus und nahm ihre Reitgerte. „Ich kenne eine diskrete Beiz, unten, an der Fricktreppe." Im Vorbeigehen wählte sie einen der Stäbe vom Tisch und hielt ihn empor. „Sehen Sie, Kommissär, wie passend. Ein schöner Zufall. *Gu.* 姤. Hexagramm Vierundvierzig. Der Entgegenkommende."

Es war eine Beiz ohne Namen am unteren Teil der Fricktreppe, Favre stiess unsanft mit dem Stiefel die Türe auf. In der verrauchten, dunklen Schankstube warfen wir unsere Mäntel auf eine Bank am beschlagenen Fenster und setzten uns einander gegenüber. Sie lehnte ihre Reitgerte an die Wand neben sich, malte mit dem Finger ein kleines Guckloch an die Scheibe und sah hindurch, draussen floss die Aare vorbei.

Hinten im Raum rauchten ein paar Rotgardisten und tranken schäumendes Mbege und auch Enzianschnaps aus kleinen Gläsern. Sie taten so, als sähen sie uns nicht. Der Wirt schaute kurz auf, murmelte etwas und brachte zwei schwere Krüge an unseren Tisch. Mbege, Ibwatu oder auch Munkojo waren nicht gerade legal in der SSR, aber auch nicht illegal, man brachte die fermentierten

Getränke aus Oberitalien über die Alpen zu uns, in kleinen Fässern, auf Eseln und Maultieren.

„Ist das Mbege nach Ihrem Geschmack?“ Favre konnte das Spöttische in ihrem Ton nicht ablegen. Nach all den Jahren war ich es zwar gewöhnt, aber sie war schliesslich mit mir in eine Beiz gegangen, eine Frau, eine ranghohe Offizierin dazu.

„Wir trinken das nicht die ganze Zeit, wissen Sie.“

„Nein, das stimmt. Verzeihen Sie. Ich meinte die Frage ernst.“

„Ich ziehe Munkojo dem Mbege vor, es ist zwar süsslicher, trotzdem ... wie würde man sagen ... weniger schwer – Mbege schmeckt wie eine alte Walnuss.“

Sie lachte. „Mbege ist wunderbar. Aber es gibt auch wirklich und tatsächlich Schlimmes.“

„Was denn bitte?“

„Es ist einfach furchtbar.“

„Ich höre.“

„Das Bananen-Fondue.“

Wir mussten beide lachen.

„Das stimmt nicht! Es geht nichts über ein währschaftes Plantain-Fondue. Man muss es nur lange genug sieden ...“

„Pfui“, lachte sie.

„Zucker, Salz, Erdnussbutter, ein paar Löffel *extrait de cochon* ...“

„Hören Sie auf, Kommissär!"

„Es würde denen guttun, dort hinten, zum Mbege ein Fondue. Sie wären nicht so rasch betrunken."

Die Soldaten im hinteren Teil der Stube waren rohe, grobschlächtige Gestalten, sie sprachen Mattenenglisch untereinander, einen Dialekt Neu-Berns, den ich nie gelernt hatte. Sie spielten ein Spiel, bei dem einer dem anderen gegen Geld eine Ohrfeige geben musste. Zwei von ihnen sassen sich mit roten Backen gegenüber und schlugen sich abwechselnd ins Gesicht, ein dritter, ein gelbhaariger Jenischer, drückte die linken Arme der beiden Kontrahenten auf die Tischplatte herunter. Münzen wurden über den Tisch geschoben, ein Schluck Mbege getrunken und dann, immer wieder, das arhythmische, dumpfe Klatschen der Schläge.

„Satori, Favre?"

„Satori, mein Freund, ist meist in Gegenständen enthalten. Der Einzelne muss zu einem Gegenstand werden, zu etwas Gegenständlichem. Samadhi bei den Hindustanis. Wu bei den Koreanern." Sie legte die Hand nachdrücklich auf meine Schulter. „Brazhinsky ..."

„Also ist Satori ein Zustand?"

„Brazhinsky hat ihn erreicht", antwortete Favre. „Durch Meditation, durch tiefe Einsicht in die Natur des Krieges, wer weiss. Wenn man es wüsste, wäre es einfach."

„Sie kennen ihn viel besser, als Sie vorhin vorgaben."

Sie sah zu den Soldaten hinüber, nickte, trank einen Schluck Mbege und wischte sich mit dem Handrücken den Mund ab.

„Ja."

Das Gebräu begann, seine Wirkung zu entfalten, ihre Schultern entspannten sich, und es war, als ob die kleinen Fältchen unter ihren Augen sich von der Haut lossagten. „Unser Reichtum ist ungeheuer, da er in den Atomen wohnt. Das hat Brazhinsky mir einmal mitteilen lassen, letztes Jahr, als die Deutschen unsere Stadt besetzt hielten."

„Wie?"

„Wie was, bitte?"

„Wie hat er es Ihnen übermitteln können, aus der besetzten Stadt?"

„Ach, Kommissär. Nennen wir es doch einfach drahtlos."

„Drahtlos? Noch nicht einmal die Koreaner in Neu-Minsk haben drahtlos. Noch nicht einmal in Pjöngjang."

„Es ist eine neuartige Kommunikationsstruktur. Ich werde es Ihnen später erklären. Brazhinsky hat ein ruhiges Leben geführt, sich angepasst, ist nicht aufgefallen."

„Aber wenn er unter den Deutschen geduldet war, warum hat man jetzt nach der Befreiung bei ihm eingebrochen? Antisemitische Schmierereien, mit Schweineblut an sein Geschäft geschrieben? Ich war heute morgen dort.“

„Er ist eine Gefahr für die SSR, oder er ist die Hoffnung der SSR.“

„Wie kann er beides sein?“

„Das wiederum liegt in der Natur der Dinge. Gehen Sie ihn suchen. Finden Sie ihn.“ Sie trank den Krug aus. „Etwas Grossartiges geschieht, Kommissär.“

Ich sah plötzlich etwas vor mir im Raum, sehr konkret, fast projiziert. Favre und Brazhinsky und ein dunkler Mwana, vielleicht fünf, sechs Jahre alt. Die Augen des Kindes waren vollständig blau, die Iris, die Netzhaut, die Pupille.

„Sie und Brazhinsky waren ...?“

Sie antwortete nicht, senkte die Augen und legte einen Geldschein auf den Tisch. Auf den Banknoten war immer noch das Konterfei des Eidgenossen Lenin abgebildet, obwohl er vor vielen Jahren an Leukämie gestorben war; seine tiefliegenden, dunklen Augen, die fast asiatischen Wangenknochen, die hohe Stirne.

„Zeigen Sie mir Ihre Hände“, sagte sie. Ich legte meine Hände mit den Flächen nach oben auf den Tisch, sie drehte sie um und wendete sie hin und her. Die Furchen darinnen, die Flächen waren mir immer hässlich erschienen; ich zog sie etwas zurück, sie strich mir mit den Fingern Linien über den Handrücken, sie war erstaunlich kräftig.

„Es sind gute Hände, Parteikommissär. Finden Sie ihn", sagte sie.

„Er ist zum Réduit geritten."

„Ja, er ist im Réduit."

„Wir sagen dazu Fanga. Eine Höhle, ein Loch im Stein."

„Dann reiten Sie ihm nach in die Fanga, in den Süden, ins Oberland. Nehmen Sie einen der Eingänge am Schreckhorn."

Wieder draussen atmete ich tief durch. Wir liefen eine Weile halbtrunken nebeneinander und schwiegen. Die Aare floss träge rechts unterhalb unseres Weges, die Eiseskälte verjagte das dumpfe Pochen des Mbeges hinter der Stirn. Ich atmete aus, mein Atem wie Wasserdampf.

„Kommissär?"

„Sie wollten mir den Funk erklären, die drahtlose Kommunikation. Es wird daran seit Jahren gearbeitet, ich wusste nicht, dass wir es nun endlich haben. Der Krieg wird sich wenden ... Die Raketen ..."

„Es ... der Funk ... die Struktur basiert auf dem gesprochenen Wort. Unsere Wissenschaftler nennen es eine Rauchsprache."

„Das verstehe ich nicht."

„Nun, der Krieg verändert uns, nicht nur körperlich und mental, einzeln, sondern als Ganzes, als Einheit. Ja?"

„Sicher, Favre."

„Wir, die wir früher im Frieden viel gelesen haben, Bücher geschrieben, Bücher gedruckt, Bibliotheken besucht haben, bilden uns evolutionär von der Schrift weg, sie wird immer unwichtiger. Es entsteht eine Privatsprache, wenn Sie so wollen."

„Unsere Mundarten sind schon immer ausschliesslich orale Sprache gewesen, es gab die Niederschrift nur in Hochdeutsch. Die Mundarten sind unser Koiné, der Grund, warum wir nicht Deutsch sprechen."

„Exakt. Und so entfernen wir uns dank des Krieges nicht nur vom Hochdeutsch, sondern auch vom Schriftdeutsch. Sprache ist eine Ansammlung symbolischer Geräusche, sie entstammt einem Kosmos unerkennbarer und vor allem nie wissbarer Formen."

„So."

„Unser Verlernen des Schreibens ist, wenn Sie so wollen, ein Prozess des absichtlichen Vergessens. Niemand ist mehr im Frieden geboren. Die Generation, die nach uns kommt, ist der erste Baustein zum neuen Menschen. Es lebe der Krieg."

„Es lebe die SSR."

„Natürlich. Es ist ja dasselbe."

„Das sagen Sie, als Militär. Aber erklären Sie mir doch bitte – wie funktioniert die Rauchsprache? Wenn Ihnen Brazhinsky etwas mitgeteilt hat, ohne mit Ihnen zu sprechen, wie geht das?"

„Nun, wir beginnen, das Gedachte zu sprechen und in den Raum zu stellen. Dann können wir das Gesprochene betrachten, um es herumgehen, es schliesslich bewegen. Da es vorhanden ist, können wir es bewegen. Und schlussendlich können wir es senden und empfangen. Sprache existiert nicht nur im Raum, sie ist zutiefst dinglich, sie ist ein Noumenon. Viele Urvölker haben diese Fähigkeiten entwickelt; die lange ausgerotteten Ureinwohner des Grossaustralischen Reichs beispielsweise besprachen und besangen die Welt, die sie mit ihren Schritten durchmassen."

„Dann ist diese Rauchsprache also nicht mechanisch hergestellt, es ist keine elektrische Schwingung oder dergleichen. Die Signale des Telegrafen sind doch vereinfachte Zeichen. Das ist es nicht?"

„Vereinfachte Zeichen für Schrift, Kommissär. Für Schrift, nicht für Sprache. Nein, unsere neue Kommunikationsform ist eine Leistung des menschlichen Willens. Wir werden niemals Maschinen bauen können, die fähig sind, miteinander zu sprechen. Warum also das Noumenon der Sprache elektrisch herunterrechnen auf wenige Zeichen? Warum nicht gleich das Wort oder den Satz in den Raum geben? Wir heben einfach Ursache und Wirkung auf."

„Ähnlich wie der Krieg nie enden und doch beendet werden soll."

„Ganz ähnlich", sagte sie. Dann küsste sie mich lange auf den Mund.

„Favre? Ich … Sie … Sie haben Ihre Reitgerte in der Beiz vergessen.“

Ich schloss die Augen, es drehte sich alles. Wolken. Alltag hatte sich in den Strassen eingestellt. Mwanas spielten mit den spitzen und gespreizten Speichen eines kaputten Regenschirmes, ohne Angst, sich zu stechen. Berge. Ein altes Ehepaar stand neben einer Schneeverwehung, er trug einen deutschen Soldatenmantel und band sich die Schuhe zu, sie schminkte sich die Wangen zaghaft mit Rouge, fast verschämt dabei einen Taschenspiegel vor ihr Gesicht haltend. Der alte Mann richtete sich wieder auf und hustete etwas gelbes Sputum in den Schnee. Die Sonne hatte ihren niedrigen Zenit bereits überschritten, es wurde merklich einige Grade kälter.

„Meine Peitsche? Das macht nichts“, sagte sie, nahm meinen Arm und hakte sich bei mir ein. Ich schreckte ein paar Millimeter zurück, liess sie dann aber gewähren. Ihre Hand ruhte auf meinem Ärmel, ein elektrisches Feld.

„Sie haben immer alles geglaubt.“

„Ja.“

„Alles, was man Ihnen gesagt hat während der Ausbildung.“

„Ja.“

Sie setzte sich in ihrer Wohnung auf das Bett, und ich küsste sie auf den Mund. Ihr Nacken roch nach Metall. Sie zog mir das Hemd über den Kopf, dann warf sie ihr eigenes, schweres Baumwollhemd in die Ecke des Zimmers. Ich dachte, es würde draussen schneien. Wir berührten uns. Sie strich mit den Fingern über meine Augenbrauen. Sie konnte sprechen. Ich legte meine Hand auf ihre Brust, die so gross war wie ein neuer Apfel. Neben ihrer Achselhöhle war eine Steckdose in die Haut eingelassen, wie die Schnauze eines Schweins. An der Wand über ihrem Bett hing ein koreanischer Druck, der eine Welle zeigte, die ein kleines Holzschiff zu erdrücken drohte. Dahinter war ein Berg zu sehen. Auf dem Bild regnete es, oder es regnete nicht. Als es vorbei war, rauchte sie eine von meinen Zigaretten, die letzte Papierosy.

Wir gingen eingehakt spazieren und sprachen nicht miteinander. Mir war, als kannte ich die Stadt genau. Ein einbeiniger Soldat verkaufte an eine Hauswand gelehnt kleine Igel aus Schokolade, die mit Frost überzogen waren. Ich kaufte einen und gab ihn der Divisionärin. Sie ass davon und lächelte dabei. Eine grosse Strasse. Einzelne Kopfsteine, aus dem Pflaster herausgerissen.

Ein pfeifendes Sausen kam von Norden über den Himmel. Wir duckten uns nicht, ich ging neben Favre. Sie sagte: „Warten Sie hier", lief vielleicht dreissig Schritte vor mir die Strasse hinauf und drehte sich zu mir um. Sie hob die Augenbrauen, die Granate schlug ein, und sie war fort.

Die Druckwelle hatte mich umgeworfen, mir war, als blute ich aus den Ohren, es donnerte erst jetzt, ich prüfte rasch meine Hände und Füsse, fuhr mir mit zitternden Händen tastend über das Gesicht, am Nacken und am Hinterkopf entlang, ich war unverletzt. Etwas Blut war am Knie, ich stolperte zu dem kleinen Krater vor mir im Asphalt, dort klaffte ein Loch, Favre war nicht dort. Kein Stück, kein Fetzen ihres Körpers oder ihrer Uniform war mehr vorhanden. Der Himmel drehte sich. Berge und Vögel.

III.

Am Abend schickte ich eine Abteilung Soldaten zum Haus des Polen, um ihn verhaften zu lassen, absichtlich mit einem gepanzerten Camion, um die Aktion beim Obersten Sowjet vermerken zu lassen. Ich wusste, dass Brazhinsky längst weg war. Er würde die Aare hinaufreiten, Richtung Alpenréduit, und von dort aus versuchen, sich in das afrikanisch verwaltete Oberitalien durchzuschlagen. So hätte ich es auch gemacht.

Die Alpen waren, obwohl als Réduit fast vollständig ausgebaut und untertunnelt, zumindest an einigen Stellen noch unentdeckt zu überqueren. Diese gewaltige Ingenieursleistung, dieser Triumph der Arbeiter, vor über hundert Jahren mit dem Festungsausbau des Kernlandes zu beginnen und bis heute weiterzubauen, ein nie endendes Werk zu schaffen, das war die eigentliche Stärke, die Unangreifbarkeit der SSR. Die Alpen waren von Stollen durchzogen, innen ausgehöhlt, Hunderttausende Soldaten konnten sich zurückziehen ins Innere des Massivs, Dutzende Werst in den Stein und in das Erz hinein. Andere grosse Völker der Geschichte, wie die Amexikaner, hatten Pyramiden gebaut, wir gruben Tunnels.

Einer der Ursprünge unserer Revolution war die Juraföderation gewesen, der seinerzeit auch Bakunin und Kropotkin angehört hatten; Bakunin lag im Neu-Berner Bremgartenfriedhof begraben, ich war das erste Mal als junger Offizier dorthin gegangen, es war Winter, wie jetzt, ich war mit der Mütze in der Hand vor dem einfachen Grab gestanden, während die Schneeflocken lautlos – und, wie es schien, von unten nach oben – auf den mit Tannen und Erlen umringten alten Friedhof gefallen waren.

Gegen Mitternacht hiess ich den mongoloiden Burschen, mein Pferd zu satteln und die beiden Luger Parabellum zu reinigen und zu ölen. Ich hatte ihn gern. Die beiden Rotgardisten hatte ich früh am Abend vorgeschickt, noch nachts sollten sie dem Polen hinterherreiten, der nur einen Vorsprung von einem halben Tag hatte, also höchstens dreißig Werst die Aare hinauf. Es waren Appenzeller, einfache Männer, aber gute Spurensucher, und ich wiederum würde ihren beiden Spuren im Neuschnee leicht folgen können.

Ich packte zwei kleine Säcke mit Proviant – Nsima, Trocken-Nyama, Maniok, Ugali, Reis, einen Ziegel Tee, Zucker, meinen Medizinkasten, zwei Schachteln Papierosy und etwas Schokolade – und hob sie auf den Rücken des braunen Pferdes, das schnaubend in der klirrenden Kälte des Hofes stand. Zwei Hundefelle und zwei Decken festzurrend, band ich eine kleine Holzkiste mit Munition hinter den Sattel, schob den in eine Wolldecke eingewickelten Mannlicher-Karabiner unter den Steiggurt und hängte mir selbst zwei Patronengürtel kreuzweise über die Brust. Dann ging ich wieder in die Stube und legte mich drei Stunden schlafen. Ich sah, wie mein Bursche mit dem Finger Tätowierungen in die Luft malte. Ich träumte von nichts. Der Hund war weggelaufen.

Früh am Morgen gab ich meinem Burschen die Hand, hielt ihn an der Schulter fest und schenkte ihm die Taschenuhr, die ich beim Telegrafenbeamten konfisziert hatte, und eine neue Luger Parabellum. Er nahm beides, sah mich an und steckte die Uhr in die Tasche seines Mantels.

„Auf Wiedersehen, Herr“, sagte er.

Wie gut tat das Reiten! Heraus aus den engen Gassen der Stadt, weg von den Bettlern und den Verwundeten, weg von der Erinnerung. Favre, die nackt auf ihrem Bett lag, die Beine an die Brust gezogen, wie ein Kind. Die Welle, der warme koreanische Regen.

Weg von den grausamen Verunstaltungen des Krieges – nur das Zittern der Pferdehaut unter dem Sattel, der eisige Wind wie tausend Nadeln im Gesicht, die dampfende Wärme der Flanken, der kurze gestreckte Galopp, die Tannenzweige, die beim Vorbeigaloppieren zurückschnappten und ihre weisse Last nach oben in den hellgrauen Himmel warfen –, das aufflatternde Rebhuhn hätte ich schiessen sollen, allein, ich sah es zu spät.

Einmal wehte aus dem Schnee ein weisses Tuch vor meinem Pferde hoch, das Ross wurde scheu, bäumte sich vor mir auf, und ich hielt mich nur mit Mühe im Sattel, so verlor ich mein Notizbuch. Es war nicht mehr wichtig, es war aus der Tasche des Mantels heraus in den Schnee gefallen, es verschwand wie die Schriften, die niemand mehr zu lesen verstand.

Den Fluss stets links haltend, ritt ich weiter südwärts, an armseligen und verlassenen Dörfern vorbei. In der Ferne jenseits der Aare brannte ein verlorenes Gehöft, eine Flugbombe hatte es getroffen, Rauch stieg auf wie eine schwarze Fahne. Der Himmel war milchfarben, die Sonne war nirgendwo zu sehen.

Nach einigen Stunden erreichte ich das Ufer des Thuner Sees, der sich vereist, dunkel und abweisend südostwärts zu den Bergen hinstreckte. Steil zum See abfallende Hügel, vereinzelte Birkenhaine und immer wieder verlassene Bauernhöfe, deren Hausmauern mit getrocknetem Schlamm und der Zähigkeit dieses Volkes repariert worden waren, bis die Landwirte eines Tages aufgegeben hatten; dann Ortschaften, die ich stets umritt, um Menschen zu vermeiden. Es hatte in der Nacht nicht geschneit, ab und zu traf ich auf die beiden Pferdespuren meiner Appenzeller.

Dies war der Übergang vom Neu-Berner Mittelland zum Oberland, dies war der Armutgürtel, der das Réduit grossflächig umgab. Auf den Äckern spielten kleine, in Lumpen gekleidete Mwanas, denen man trotz der Vermummung den Hunger ansehen konnte, sie waren verschreckt, bleich und ausgemergelt, ihre dünnen Ärmchen griffen nach Zweigen und nach ihren armseligen Spielsachen. Während ich vorbeiritt, sahen sie aus tiefliegenden, schwarz umrandeten Augenpaaren zu mir hoch, und ich lächelte sie an, aber sie schauten weg. Die Gegend war vermint, ich hoffte, ihre Eltern hatten diesen Mwanas beigebracht, auf welchen Feldern und an welchen Hängen die Minen lagen und wo nicht. Vermutlich waren es ohnehin Verdingkinder, kleine Leibeigene irgendwelcher skrupellosen Bauern. Auch das, so dachte ich, würde es eines Tages, wenn wir den Kommunismus erreicht hatten, nicht mehr geben.

Auf dem See sah ich einige Eisfischer, die sich ein Loch ins Eis geschnitten hatten. Als ich die Böschung hinunterritt und sie anrief „Grüss euch! Sind Reiter vor mir vorbeigekommen?“, kauerten sie sich zusammen, zogen ihre Decken über den Kopf und verhüllten sich vor Angst und mit der Gewissheit, mit dem Pferd werde ich mich nicht aufs Eis wagen. Egal. Und weiter, ins Ungewisse, zum Ursprung des grossen Flusses, der Aare, zum Réduit, zum Schreckhorn – dort war Brazhinsky.

IV.

Ich wurde in einem kleinen Dorf in Nyasaland geboren, am Fusse der Zomba- und Mulanje-Berge, vierzig Werst von der Grenze zu Mozambique entfernt. Meine Mutter starb bei der Geburt, ich war der letzte von vier Söhnen. Ich erinnere Hitze und Schatten, gelbe und sanfte Nachmittage. Blaue Hibiskusbäume leuchteten abends jenseits der Umzäunung am Rande unseres Dorfes. Ich erinnere Staub, Berge und Vögel. Wir sprachen Chiwa miteinander, Chichewa wurde unsere Sprache von den Fremden genannt.

Wie es üblich war, wurde ich als Letztgeborener an die Militärakademie in Blantyre geschickt. Seit vielen Jahrzehnten hatten schweizerische Divisionäre in grossen Teilen Schwarzafrikas nicht nur Militärschulen aufgebaut, sondern führten sie auch. Man brauchte gute Soldaten und Offiziere für den Schweizer Krieg, und woher sollte man sie nehmen, wenn nicht vom nie versiegenden Menschenquell der afrikanischen Alliierten.

Ich hatte bei den britischen und portugiesischen Missionaren in der Nähe meines Dorfes Lesen und Schreiben gelernt, der aus der kanadischen Dominion stammende Padre, Bruder Keith, fühlte sich genötigt, mich nach den Unterrichtsstunden aus der Schar der Kinder herauszusuchen und alleine zu den Felshöhlen am Chongoni zu bringen, um mir dort die geheimnisvollen Malereien zu zeigen, jene konzentrischen Schraffierungen meiner Urahnen, deren steingewordene Wirbel und eigentümliche Figürlichkeit mich derart fesselten, dass ich erst sehr viel später und nur ganz beiläufig merkte, dass der Padre sich, hinter mir stehend, im schwachen Schein einer Öllampe, leise keuchend selbst befriedigte.

Als junger Rekrut – ich war vierzehn – hatte ich oft Fieber. Der Schweizer Militärarzt stellte fest, dass ich mich als Säugling mit Malaria infiziert hatte, obwohl es schon längst als überwunden galt, da die Amexikaner den Impfstoff mit Heissluftballons über Afrika abgeworfen hatten, bevor sie ihre Grenzen für immer geschlossen hatten und jener schreckliche Bürgerkrieg der gefiederten Schlange dort zu wüten begann, von dem man nur sehr wenig hörte und dann nur Schreckliches.

Mein Herz lag nicht wie bei anderen Menschen auf der linken Seite des Körpers im Brustkorb verborgen, sondern auf der rechten Seite. Ich hatte es nie als besonders eigenartig empfunden, aber als mir der Militärarzt bei der ersten Aushebung – er rauchte dabei eine wohlriechende Papierosy – das eiskalte Stethoskop an den Brustkorb legte und die runde Membran bald nach links, bald nach rechts bewegte, war er zurückgeschreckt und hatte nicht nur die Tasse warme Milch mit Honig verschüttet, die er sich für die Nachtruhe zubereitet hatte – ich war einer der letzten von eintausend Rekruten an diesem langen Tag –, nein, er erschrak so heftig, dass eine in Formaldehyd eingelegte Heuschrecke vom Untersuchungstisch fiel, das kostbare Glas zerschellte auf dem Fussboden des Hospitals.

Wir zählten in Blantyre, das nach dem Geburtsort des englischen Forschers und Imperialisten David Livingstone benannt war, anderthalbtausend junge Männer, die meisten Nyanja wie ich, Frauen waren damals noch nicht an der Akademie zugelassen. Wir achteten die Schweizer Ausbilder; sie waren korrekt und auf ihre Art zuverlässig, sie schlugen uns nicht und sahen es uns auch nicht nach, wenn wir uns über ihre helle Haut lustig machten, ihre manchmal doch recht linkische, direkte

Art und über ihre furchterregenden gelben Haare, die gold schimmerten, wenn man sich daran gewöhnt hatte. Die Schweizer brauchten uns, und sie gaben uns Jungen Disziplin und ausreichend Nsima zu essen und einen neuen Glauben, das war mehr als genug. Am meisten beeindruckte mich die Bescheidenheit der Schweizer, dieses Störrische, verzagt Unbewegliche ihres Wesens. Sie waren niemals rechthaberisch oder grausam, aber sie schienen exakt zu wissen, was sie wollten. Sie schienen mir unbestechlich, gradlinig und fair, und mein grösster Wunsch war es, genauso zu werden wie sie.

Wir lernten, zu exerzieren und zu schiessen, mit Sturmgepäck zehn Werst zu rennen und danach, ohne vor Erschöpfung zu zittern, mit dem Bajonett exakt in die mit einem roten gepinselten Kreis angezeigte Mitte eines Strohsackes zu stechen. Wir lernten revolutionäre Schweizer Volkslieder zu singen, uns selbst zu verbinden und dunkel verglaste Schneebrillen zu tragen. Wir wurden auf den Krieg vorbereitet, der im kalten Norden wütete, wir trugen Wintermützen unter der afrikanischen Sonne und banden uns Filzstreifen um die Waden, um zu verhindern, dass der Schnee, den wir alle noch nie gesehen hatten, in die Stiefel drang.

Nach einer Weile sprachen wir auch untereinander kein Chiwa mehr, sondern Schweizer Mundart. Wir hörten die in Wachs eingebrannten Stimm-Schriften von Karl Marx und die Geschichte des grossen Eidgenossen Lenin, der, anstatt in einem plombierten Zug in das zerfallende, verstrahlte Russland zurückzukehren, in der Schweiz geblieben war, um dort nach Jahrzehnten des Krieges den Sowjet zu gründen, in Zürich, Basel und Neu-Bern. Russland war durch die Folgen der ungeklärt gebliebenen Tunguska-Explosion von Zentralsibirien bis nach Neu-Minsk viral verseucht worden. Die unendlichen Weiten der Tundra, die fruchtbaren Weizenmeere des vorderen Ural waren für immer unbewohnbar, die immensen Nickel-, Kupfer- und Kornreserven waren verloren, das riesige russische Reich war eine einzige Ödnis voller giftigem Staub und todbringender Asche.

Wir erhielten hohe Dosen Vitamin D, sowohl zum reichhaltigen, nur ganz zuerst etwas fremdartig schmeckenden Essen beigemengt als auch zweimal wöchentlich intramuskulär gespritzt, da die Wissenschaftler uns erklärten, wir Afrikaner könnten aufgrund unserer Hautpigmentierung gerade in der kalten und sonnenarmen Schweiz dieses lebenswichtige Vitamin nicht ausreichend im Körper produzieren und speichern. Einige Burschen versteckten sich aus Angst vor den Injektionen in der Nähe der Latrinen, wir, die wir keine Furcht hatten, nannten sie von da ab lachend die „Braunen".

Der englische König, so hörten wir, hatte sich mit den Faschisten, den Deutschen, gegen uns verbündet;

sie planten, ein dekadentes Grossreich zu schaffen, in dem wir Afrikaner Sklaven sein würden und sie die grinsenden Herren. Ein Ausbilder zeigte uns während einer politischen Unterrichtsstunde den erbeuteten Gürtel eines deutschen Soldaten, er hielt ihn mit spitzen Fingern, gerade so, als wäre es eine giftige Schlange aus dem Busch. Staunend wurde er umhergereicht, und wiewohl keiner meiner Kameraden lesen oder schreiben konnte, verstand ich sofort, was dort eingraviert war: *Gott mit uns* stand auf dem Koppelschloss der deutschen und englischen Soldaten.

Es gab keinen Rassismus, es sollte keinen geben. Die schweizerischen Ausbilder trugen grösste Sorge, diesen zu unterbinden und zu verbieten. Wir sollten Schweizer Offiziere werden, ungeachtet unserer Hautfarbe oder unserer Herkunft. Ein junger weisser Korporal aus dem Welschland wurde drei Wochen bei Maniokpulver und Wasser in Ketten gelegt, nachdem er in der Offizierskantine eine Sottise über afrikanische Affen erzählt hatte. Er war noch nicht lange im Nyasaland und schlug sich während des Erzählens des geschmacklosen Witzes vor Lachen auf die Schenkel, draussen wurde es schlagartig dunkel, er hatte wohl zuviel getrunken, die anderen Offiziere wurden immer schweigsamer, ihre Mienen verfinsterten sich, ein weisser Leutnant trat vor, löschte erst mit zwei Fingern zischend die Mückenkerze, drehte am Lichtschalter und legte dann dem Welschländer im

Schein der grossen Glühlampe warnend die Hand auf die Schulter. Schon am nächsten Morgen verantwortete er sich vor dem Militärtribunal. Diese Begebenheit sprach sich unter den Rekruten herum, und der Respekt vor der fairen Schweiz stieg und machte uns aufrecht. Wir waren naiv, gewiss, aber wir waren auch stolz.

Wir hörten endlich von dem grossen Réduit, der Alpenfestung; unsere Ausbilder standen an farbigen Schautafeln und sprachen von den unendlich tiefen Stollen, von den schweren Kanonen, die jederzeit, durch ein Schienensystem verbunden, auf Felssimse herausgerollt werden konnten. Überhaupt sei das ganze Réduit durch hunderttausend Werst unterirdische Schienen verbunden, soviel wie zweimal um den gesamten Erdball. Es gab, so unterrichten sie uns staunende junge Burschen, manchmal bis zu sechs übereinanderliegende Trassen, durch die mit Soldaten und Material beladene Züge kreuzten, unerreichbar für den Feind, unzerstörbar durch Bombardement. In diesen Höhlensystemen, so sah ich vor meinem geistigen Auge, liefen die Soldaten zu Abertausenden unter gelben, schwach leuchtenden Lampen umher, punktuell von der Decke angestrahlt, wie Ameisen wimmelnd vor und zurück ins Dunkel. Ich sah mich selbst unter ihnen, beschützt in der Masse, eins mit der Erde, ich sah roten Lehm, Eis, Schnee, Uniformen, Eidgenossen, ich sah endlich den Krieg, ich konnte ihn fühlen, schmecken, riechen.

Manchmal fühlte ich mich, als sei ich in einer Art Ei aufgewachsen. Die Vorstellung jener schneebedeckten und ausgehöhlten schweizer Riesenberge zog mich auf eine fast dämonische Weise an, mich, der als Bub gedacht hatte, die Mulanje-Berge in der Nähe unseres Dorfes seien schon das Höchste auf der Welt. In Blantyre erfuhr ich von der Existenz der Gletscherwelten im Norden, des gerechten Krieges, der dort auf und *unter* dem Eis geführt wurde, des brüderlichen Ringens des Schweizer Sowjetmenschen um eine gerechte Welt, frei von Rassenhass und Ausbeutung.

In meinen giftigen Träumen sah ich allerdings oft das Glas mit der Heuschrecke zerspringen und fühlte die Kälte der Stethoskopscheibe auf der Haut an meiner linken Brust, dort wo kein Herz verborgen lag. Es schüttelte mich am ganzen Leib, ein Gefühl der Übelkeit überkam mich stets, es war, als würde etwas aus mir geboren, als ob sich etwas abspaltete oder abschälte, es war wie eine Häutung von innen.

Als wir nach Jahren an der Akademie, in denen wenig und viel gleichzeitig geschah, zu Offizieren wurden, führte man diejenigen von uns, die sich durch Wissbegierigkeit, Zähigkeit und eine gewisse Eleganz des Wesens hervorgetan hatten, zu einer Manöverübung heran, die uns nicht nur die Wetterverhältnisse in der Schweiz simulieren, sondern auch die Metaphysik unseres neuen

Vaterlandes näherbringen sollte. Es ging zum Kilimanjaro, einem Berg viele hundert Werst nordöstlich von Blantyre. Wir bestiegen für den ersten Teil der Strecke einen Zug, der uns junge Männer weiter wegführte, als wir es je für möglich gehalten hatten. Nahezu unglaublich schien es uns, dass die Schweiz selbst noch zehnmal, nein, hundertmal so weit entfernt lag; die Ausdehnung der Welt und die damit korrespondierende Weisheit unserer Ausbilder schienen uns endlos.

Aus den offenen Waggons des Eisenbahnzuges ausgeladen, hatten wir kaum am Rand der Gleise unter der afrikanischen Sonne ein wenig rasten können, als ein junger schweizerischer Korporal uns schon zu einem Nebengleis führte, auf dem eine Draisine stand. Hinauf! Wir erklommen das Gefährt, zu viert, zu fünft, zu sechst, und fuhren nordwärts. Ein Kamerad spannte einen alten, durchlöcherten Regenschirm über unseren Köpfen auf, um uns etwas Schatten zu spenden. So ratterten wir, durch eigene Muskelkraft angetrieben, auf den blechernen Trittbrettern stehend, über die Savanne, wir tranken Wasser und assen ein paar Nsima-Kugeln rasch und abwechselnd, um die Fahrt nicht zu verlangsamen, bis endlich abends der immense Kegel des Kilimanjaros am Horizont auftauchte.

Seine Spitze war mit einer weissen, zuckrigen Haube überzogen, die an der Westflanke im Schein der untergehenden Sonne orange- und rosafarben leuchtete. „Seht nur, Eidgenossen!“, ging ein Ruf. Wir hoben die Blicke empor, immer aufwärts. Oben, auf gleicher Höhe mit einer einzigen lieblichen, kleinen Wolke, umkreisten zwei mit dem Schweizer Kreuz bemalte Wasserstoff-Luftschiffe langsam und lautlos den Berg, eine Herde Zebras galoppierte durch die staubige Dämmerung, es war ein unvergesslicher, unvergleichlicher Anblick.

Die Draisine wurde am Bahnhof von Moschi ordentlich auf ein Abstellgleis gefahren, die Uniformen vom Staub der langen Reise freigeklopft. Wir meldeten uns alsbald beim Stationskommandanten, lieferten den mitgebrachten Postsack aus dem Nyasaland ab, erhielten Seile und grobwollene Pullover als Ausrüstung und erklommen die Ausläufer des Kilimanjaros am nächsten Morgen. Die Savanne lag hernach still und golden unter uns.

Es ging zunächst durch dichten Regenwald, dessen grüne Baumstämme geisterhaft immer wieder durch ewige Nebelbänke stachen und uns wie zum Scheine den Weg versperrten. Braune Bartflechten hingen tropfend in schemenhaften Fladen herab. Der Weg zu unseren Füssen war voller Matsch und feuchtkaltem Lehm, bis zu den Waden sanken wir hinein, von oben rann das Wasser, klatschte auf die herabhängenden Blätter und benetzte die Käfer, die eilig vor unseren Schritten das Weite suchten. Stunde um Stunde stiegen wir sachte bergan. Ein Geruch von Moder und Fäulnis durchzog die Luft, es war uns, als stiegen wir durch ein wässriges Totenreich. Ein Gefährte bückte sich, um die Egel mit der Hand von seinen Beinen abzureissen, sie hatten sich oberhalb der Stiefel festgesaugt. Wir sahen an uns herab, und tatsächlich waren wir alle von den schleimigen, hermaphroditischen Tieren befallen.

Wir waren Schweizer Offiziere, wir schnitten uns lachend mit den Messern die Blutegel von den Beinen, einem Kameraden jedoch war ein Egel während des Marsches unbemerkt in das Nasenloch gekrochen. Als er es bemerkte, begann er zu schreien und wollte nicht mehr aufhören. Wir legten ihn auf eine Decke und hielten ihn an den Schultern und Beinen fest, ich zog mit Daumen und Zeigefinger am Ende des Wurms, der aus seiner Nase ragte, er schrie, wir sollen aufhören, er habe grosse Schmerzen, ich griff zum Messer, nahm die Spitze der Klinge zwischen Daumen und Zeigefinger, zog und zog am Egel, dieser riss sich los, die Widerhaken in seinem Kopf rissen ihrerseits etwas Fleisch aus dem Naseninneren des Kameraden, der Egel flog in blutiger elliptischer Bahn in das organische Ganze des Urwaldes zurück, und während schon die nächsten Würmer mit für ihre geringe Grösse erstaunlicher Geschwindigkeit auf unser kleines tableau vivant zukrochen, lichtete sich für einen Augenblick der Nebel, die Sonne brach durch, und die

Sicht wurde frei auf eine Ebene baumloser Felsen über uns, hellbraunes, kristallines Geröll, soweit das Auge reichte, dann war an dessen Ende die abgeflachte Spitze des Berges zu sehen. Dort, dort oben war das weisse Wasser, der Schnee, das ewige Eis, welches die ganze Schweiz bedeckte. Staunend standen wir vor dem Anblick, bald würden wir es mit unseren eigenen Händen berühren können, das grosse kalte Weiss.

Da in den Widerhaken des entfernten Egelkopfes ein Gift enthalten war, welches die Hämostase verlangsamte, banden wir dem blutenden Eidgenossen ein baumwollenes Tuch vor das Gesicht und marschierten gemeinsam weiter, viele Werst, immer dem Schnee entgegen. Wir verliessen die feuchte Nebelzone und liefen nun auf dem sanft ansteigenden Gesteinsschutt; das Atemholen fiel uns immer schwerer, als ob der Sauerstoff aus der Luft gesaugt worden war. Und am frühen Nachmittag des zweiten Tages dann, während wir keuchend und vornübergebeugt, alle zehn oder zwanzig Schritte gelbweisses Sputum hervorhustend, an der Westflanke des Kilimanjaros standen, gewahrten wir vor uns, zum Greifen nahe, zum ersten Mal in unserem Leben, wie sich das organische und unendlich ephemere Etwas anfühlte, das die Schweizer Schnee nannten. Im Nyasaland gab es kein Wort dafür, da es nicht existierte. Wir griffen danach, wir leckten es ab, wir assen es, wir traten mit den Stiefeln hinein und sahen unsere Spuren, wir bewarfen uns damit, wir formten lachend daraus Löwen und schwebende Kugeln und Krokodile und überdimensionierte Penisse. Wir waren Schweizer. Vögel kreischten im Nebel unter uns, wir waren wie sie.

V.

Nach einer langen Weile des Reitens über ewig gleiche, verschneite Anhöhen und Felder, gegen Mittag, sah ich eine armselige Hütte am Rande eines Waldes stehen. Ich nahm die dunkel eingefärbte Schneebrille ab. Um mich war es still. Ein Eichelhäher hüpfte mir um die Hufe herum. Das Dach war an einigen Stellen mit Tannenzweigen geflickt, die Spuren der beiden Pferde meiner Appenzeller führten direkt zur Tür der Hütte und dann wieder weg, über die Felder im Süden. Dort hinten, in der dunkelgrau erscheinenden Ferne, hatte es wieder begonnen zu schneien.

Ich stieg ab, zog meinen Revolver, hockte mich hin und lauschte lange in den Wald hinein. Drei Paar Fussspuren führten in den Wald, nur ein Paar wieder heraus, zu den Pferdespuren. Ich wischte mir das Eis von den Augenbrauen, stiess die unverschlossene Tür auf und betrat die Hütte.

Brazhinsky war hier gewesen, vor nicht langer Zeit, vielleicht gestern abend, vor Sonnenuntergang. Der Ofen war kalt. Ich öffnete das Türchen, zog einen Handschuh aus und fuhr mit den Fingern in der grauen, seifigstaubigen Kohle herum. Sie war noch warm. Auf dem einzigen Bett lagen achtlos verstreut ein paar schmutzige Hundefelle, links neben dem Tisch ein Blechteller mit etwas Reis und einem gelben, mit Frost überzogenen Knochen. Ein verstaubter Handspiegel, dessen Glas stumpf geworden war, stand auf einem Regal, daneben lagen ein Rasiermesser und eine Feile.

Ein paar Bücher in englischer Sprache lagen auf dem Holzbrett, das als Ess- und Schreibtisch gedient hatte, sie dienten offensichtlich dem Studium von Insekten und waren eindeutig keine faschistische Propaganda. Die Titel sagten mir nichts, obwohl ich ein wenig Englisch verstand, ich merkte sie mir trotzdem: *The Reverend Keith Gleed's Entomology of Canadian Insects*, *The Grasshopper Lies Heavy* und *Butterflies – How to Catch, Prepare and Mount them*. An der Wand gegenüber hing ein eingerissenes altes Plakat, das für die bald zu bauenden Schweizer Raketen warb, deren Spitzen aus dem Réduit ragten und den Krieg rasch beenden würden – die Drohung eines elliptischen Raketenregens auf Hamburg, auf London, auf Kopenhagen war genug. Während ich das Bild betrachtete, hatte ich das äusserst unangenehme, sehr nah an die inneren Organe schabende Gefühl, dass ich beobachtet wurde. Mir war, als ob am Rande meines Blickfeldes ein Schatten forthuschte, sobald ich ihn fixierte.

Ich folgte den drei Stiefelspuren in den Wald hinter der Hütte. Die niedrig hängenden Zweige waren mit Reif überzogen; bog ich einen zur Seite, erklang silbernes Geläut, die Kristalle zersplitterten und bedeckten meinen Mantel mit einer dünnen Puderschicht. Das Unterholz war wie durch feine Spinnweben aus Frost miteinander verbunden. Während ich mir vorsichtig einen Weg in den Wald bahnte, glaubte ich, in der Ferne ein Summen zu vernehmen, erst ein Knistern, dann ein elektrisches Rauschen. Der Himmel über den Baumwipfeln war jetzt grauweiss, die Äste zitterten, ich folgte den Spuren durch den Schnee zu einer hellen Lichtung. Zwölf junge Bergahorntriebe bildeten den äusseren Kreis dieser natürlichen Bühne, ein abgestorbener alter Baumstamm stand exakt in der Mitte der Lichtung, die Petrifikation war schon weit fortgeschritten.

Leicht in der Hocke an den Baumstamm gelehnt, stand einer meiner Appenzeller Rotgardisten und sah mich an. Er war bis auf die Hose und die Stiefel nackt, sein

Oberkörper war bläulich angefroren und mit Eisstaub überzogen. Ich hielt den Lauf des Mannlichers gesenkt vor mir und ging rechts am Baum um ihn herum. Vögel. Er war mit einem Stück Eisendraht etwas oberhalb der Hüften an den Stamm gebunden. Sein linkes Ohr fehlte, dort hatte der Mörder die Waffe angesetzt und abgedrückt, die Kugel war durch den Hörkanal eingedrungen und oben aus dem Hinterkopf wieder ausgetreten.

Eine Schneise im Schnee führte an den gegenüberliegenden Rand der Lichtung, als sei jemand dorthin geschleift worden. Dort, am Saum des Waldes, lag der zweite Appenzeller Rotgardist mit dem Gesicht nach unten im Schnee. Man hatte ihm zweimal von ungefähr dort aus, wo ich jetzt stand, in den Rücken geschossen, sein linker Arm lag ausgestreckt in Richtung des schützenden Waldes. Er hatte versucht wegzulaufen, als man seinen Kameraden an den Baum gebunden und hingerichtet hatte, weit war er nicht gekommen. Meine Augen sind geschlossen. Ich komme nur ganz kurz hierher.

Es knackte im Unterholz, wieder war mir, als sähe ich einen Schatten sich verstecken. Vorsichtig in meinen Fussspuren im Schnee zurückgehend, erreichte ich nach kurzer Zeit wieder die Hütte. Warum hatte Brazhinsky die beiden Rotgardisten getötet? Er hatte ihnen in oder vor der Hütte aufgelauert, sie dann unter einem Vorwand in den Wald gelockt, umgebracht und ihre Pferde mitgenommen; drei Spuren führten von der Hütte weg nach Süden. Bestand eine Art Abkommen zwischen ihnen? Warum dachte ich das? Die Kausalität schien aufgehoben. Was ich gesehen hatte und was passiert war – mit meiner Wahrnehmung stimmte etwas nicht. Ich schlug dem Pferd mit der flachen Hand auf die Flanke und strich ihm über die Nüstern, dann öffnete ich einen der Säcke und ass von dem Trocken-Nyama. Durch die Mechanik des Kauens und das Schlucken des zähen salzigen Fleisches stellte sich wieder so etwas wie Normalität ein. Es war still.

Ein kleiner schwarzhaariger Mann näherte sich aus der Richtung des Waldes, er war fast ein Zwerg. Er hinkte leicht und trug etwas, das einmal eine Uniform gewesen war, darüber hatte er eine dunkle Kutte geworfen. Ich zog meinen Revolver und hielt ihn in seine Richtung.

„Halt."

„Rauchen Sie? Haben Sie etwas zum Rauchen? Oder ein Stück Käse, nur ein klitzekleines Stück?"

„Bleiben Sie dort stehen, wo Sie sind."

Der kleine Mann kam näher.

„Keinen Schritt weiter. Ich warne Sie."

„Ich habe grossen Hunger, Herr." Er tat noch einen Schritt vor und streckte bittend die Hand aus, die Handfläche nach oben, dabei verzog er den Mund zu einem hässlichen Lächeln. Er hatte sich die Schneidezähne spitz zugefeilt. „Nur ein Stück Käse …"

„Bleiben Sie, wo Sie sind!"

Ich drückte ab, und eine Schneefontäne spritzte zwischen uns hoch. Der blecherne Klang des Schusses hallte durch die Winterluft. Erst die Fontäne und dann das Geräusch. Berge und Vögel. Ein furchtbarer Schwindel erfasste mich, der Revolver fiel mir aus der Hand, ich sah nichts mehr, nur Schnee, dann drückte sich mir der gewaltige Boden entgegen. Ich konnte mich nicht bewegen. Das Pferd wieherte. Der kleine Mann kam näher und berührte meine Stirn, er sagte etwas, es klang wie „fasern", ich sah seinen Mund und die spitzen Zähne, die Zunge schob sich heraus, dann wurde alles weiss, und dann dunkel. Er hatte *Favre* gesagt.

VI.

Der Vater war vorangegangen, er trug eine weisse Hose, sein grosser, ausgezehrter schwarzer Oberkörper war frei, es war September. Ich folgte ihm am Lauf des Shire-Flusses, durch einen Effektschwarm weisser Schmetterlinge hindurch. Ein Falter hatte sich auf mein Augenlid gesetzt, er hatte sich in die Bewegung der Wimper verliebt, zeitgleich mit dem Öffnen und Schliessen des Auges schlug er seine Flügel. Ich sah durch die dunkelbraune Iris den Vater in weiter Ferne, er drehte sich nicht um, er winkte nicht, er hatte wohl etwas geangelt und trug den Fisch über der Schulter. Er trug einen Beutel Steine mit sich und eine Schleuder, ich folgte ihm in einigem Abstand um die lange Biegung des Flusses.

Sein prächtiges schwarzes Haar war weiss geworden nach dem Tod meiner Brüder, sie waren bei einem Manöver im Dunkeln von den Kameraden getrennt worden und hatten sich auf der anderen Seite, tief drüben in Mozambique, verlaufen, sie waren in die zerstörte Zone geraten, in das Niemandsland, barfuss in die Senfgasfelder der Buren hinein. Sie waren einfache Soldaten gewesen, sie hatten nicht einmal Munition in den Kammern ihrer Gewehre, niemand war nach ihnen suchen gegangen; ich aber sollte einmal Offizier werden.

Im flackernden Schein der Sturmlampe saugte der uralte Heiler in unserem Dorf nachts an seinem Pfeifenrohr und bestickte mit Fingern, die so knorrig waren wie die Zweige des Baobab, die rot-weisse Fahne seiner geheimen Zunft. Aus dem Kot und dem Blut der Vögel wusste er nicht nur die Zukunft des Menschengeschlechts zu lesen, sondern auch die unerhörte Geschichte von allem, was bis jetzt auf dieser Welt geschehen war. Die Gegenwart wurde ihm immer unwichtiger, er ass kaum noch etwas, sondern lebte von der Luft, vom Rauch der Pfeife und von seinem eigenen Atem. Ab und zu legte mein Vater ihm einen kleinen Beutel Nsima vor die Hütte, einmal einen in ein Palmblatt gewickelten Shire-Fisch, der gebraten und duftend einen ganzen Tag auf der Türschwelle des Alten liegenblieb, bis ihn am Abend ein Hund stahl, dessen feine Nase ihm befohlen hatte, die köstlich ausströmenden Geruchsmoleküle nicht länger zu ertragen.

In der Nähe der Kapichira-Wasserfälle sass der alte Heiler, seinen von Jahren des Reibens ausgebleichten Wissensstab in den Händen, während der dunstige und klamme Chiperoni-Nebel die Feuchtigkeit vor sich her über das Hochland bis hierher, an die Uferbänke des Shire, schob und das Land mit sanftem Regen bedeckte. Wie sehr liebte er es, am frühen Morgen unten am Flussufer zu wandeln, wenn in den Palmenwipfeln die Vögel flöteten. Den Uferschlamm quetschte er beim Gehen zwischen seinen Zehen heraus, wie er es als Kind getan hatte, vor einer halben Ewigkeit.

Er wollte sich nun ausruhen, da er Das Kommen gesehen hatte; seine spärlichen weissen Haare sogen die Nässe des Chiperoni auf wie Wolle, und er wartete auf die Menschen mit den gelben Haaren. Er konnte wochenlang warten, einen Monat, zwei, es machte keinen Unterschied. In seinen Wachträumen sah er, wie das Schweizer Kanonenboot erst das unter der englischen Fahne fahrende eiserne Kriegsschiff versenkte und dann die Marinesoldaten Sphinxhafen besetzten. Er sah in die weit aufgerissenen Augen der sterbenden Engländer, die zu den Schlingpflanzen am Boden des grossen Sees hinuntersanken, er hörte das knirschende Zerbersten des eisernen Kriegsschiffes auf dem sandigen Grund, und er sah, denn dort, hundert Werst entfernt, regnete es nicht, wie die Sonne innerhalb weniger Sekunden unterging und der Himmel über dem See plötzlich aussah wie eine Million zerstossener Hyazinthenblüten, nein, wie geschmolzenes Gold.

Man spielte unten im Sphinxhafen blechern die Hymne der Schweiz. Ein Matrose stand in seiner weissen Uniform am Quai und hielt hineinblasend die Trompete empor, es war, so hörte der alte Heiler, absurderweise die gleiche Hymne wie die englische. Das hehre Domdom-di-dom schallte über den Anlegeplatz, man legte im letzten Abendlicht die feindlichen Verwundeten auf Tragen und verband sie mit sauberen weissen Mullbinden. Man löschte das Feuer in der kleinen Zollstation, bevor es auf die Lagerhallen übergriff. Die an Land gestorbenen Engländer – es waren nur zwei – wurden rasch auf dem kleinen Soldatenfriedhof beigesetzt, und die Askari liessen das hölzerne Tor offenstehen, wie es die Tradition verlangte, so, dass die Seelen hinausgehen konnten. Ein Windstoss fegte über den See, kräuselte die Wasseroberfläche und verfing sich in den ächzenden Palmen, dann war es dunkel.

Es reihte sich Sieg an Sieg der Schweizer Truppen. Im Süden und in Mozambique standen sie im Grabenkrieg den Buren gegenüber, im Norden reichte ihr Einfluss bis an die Grenze zum äthiopischen Kaiserreich. Und dort, wo kein Krieg mehr herrschte, bauten sie Schulen, Universitäten und Krankenhäuser. Strassen wurden Tausende von Werst durch Ostafrika gezogen und Eisenbahnstrecken verlegt, es kamen Arbeiter und Ingenieure, Wissenschaftler und Soldaten, immer mehr Soldaten. Ihr Kommen war wie eine Plage für einige, wie ein Segen für andere. Man handelte mit den Hindustanis, die sich seit Jahrhunderten an der Küste angesiedelt hatten, man zog neue Grenzen und riss die Kirchen ab, man organisierte Expeditionen den Zambesi hinab, den Nil hinauf und westwärts bis weit in den Kongo hinein, man baute befestigte Häfen und staute das Wasser der Flüsse, man vertrieb die dekadenten Engländer und die cholerischen Deutschen und die stinkenden Missionare, man druckte neues Geld und neue Briefmarken, man besiegte die Rinderpest und rottete die Tsetse-Fliege aus, man züchtete gigantische Herden von Wasserbüffeln an den Ufern der Seen, in die man neue Fischarten aussetzte, man rodete den Urwald und pflanzte mit manischer Effizienz Nahrung, so dass alle mehr als genug zu essen hatten. Und als ein zivilisatorisches Netz über Ostafrika gelegt war, als elektrischer Strom die Hütten erhellte und die Städte an den Küsten den Schiffen den Weg in die Häfen leuchteten, als Eisenbahnzüge die Ernte in den Süden und die Medizin in den Norden fuhren, als endlich nie gekannte Gleichheit herrschte, begannen die Schweizer mit dem Bau der Militärakademien, um die Afrikaner zu Soldaten zu machen und damit den gerechten Krieg, der in der Heimat wütete, endlich zu gewinnen. Dies alles sah der alte Heiler und baute lächelnd aus dem Uferlehm des Shire Kugeln von der Grösse seiner Faust, die schweben konnten, und er wünschte durch seinen Stab in einem Gesang, der nur wenige Momente der Geschichte dieser Welt dauerte, ein neues Menschengeschlecht herbei.

Mein Vater, er war vorangegangen, ich konnte ihn nicht einholen, er verschwand immer hinter der nächsten Biegung des Shires, der sich erst silberbraun zu den weit entfernten Mulanje-Bergen hinzog und dann aus dem grossen See hinausfloss, der uns Menschen den Namen gegeben hatte: Nyanja.

VII.

Als ich die Augen aufschlug, lag ich auf dem Holzbett in der Hütte, man hatte mich sorgsam mit den Hundefellen zugedeckt, rechts war der kleine Ofen angezündet worden. Der kleine Mann zerkleinerte mit erstaunlicher Kraft Holzscheite auf seinen Knien und schob die Stükke in den Ofen, bis das Feuer im Inneren kraftvoll und gelb aufloderte. Er hatte meine Handgelenke mit Lederriemen an das Bett gefesselt.

„Wir haben Ihnen ein klein wenig Diphenhydramin gegeben, Herr, Sie waren sehr aufgeregt. Ich heisse Uriel. Wir machen uns jetzt etwas zu essen, in Ihren Satteltaschen war viel Gutes, leider kein Käse. Wir haben es für uns beide genommen, schauen Sie, wir kochen uns etwas.

Wie dunkel Ihre Haut ist. Sie sind Afrikaner, nicht wahr? Ein grosser Herr, ein grosser Soldat. Wir hatten nie Angst vor den schwarzen Männern. Sie waren immer unsere Freunde. Ich bin nicht aussätzig. Ich wohne im Wald, mich bekommt der Krieg nicht zu fassen, der Gott Mars, er greift nicht nach mir. Versteckt, sehen Sie, Herr, dort hinten im Wald. Dies ist meine Hütte."

Ich versuchte durch den Nebel meiner Benommenheit zu sprechen, rasch kam er an mein Bett geeilt und legte mir den Finger auf den Mund. „Sie müssen sich ausruhen, Afrikaner", sagte er. „Die Kriegsmaschine macht Sie müde. Ich tue niemandem etwas zuleide. Hungrig? Wir werden etwas essen."

„Uriel. Warum ... hast du mich ... festgebunden?"

„Sie denken, Uriel hat die Soldaten im Wald getötet? Es war ein anderer, ein anderer Mann, er sprach wie eine Wolke. Ich habe mich versteckt. Er hat den Soldaten aufgelauert. Ich habe nur einen Pullover genommen, nachdem sie schon tot waren und der andere weggeritten. Ich habe keine Pferde genommen, so wie er. Das würde ich niemals tun. Es war ein anderer, Rauch kam aus seinem Mund."

Uriel beschäftigte sich wieder mit dem Topf, den er mit Schmelzwasser auswusch. Er warf Trocken-Nyama, Hirse und Öl hinein und begann mit einem hölzernen Löffel zu rühren, zu kochen und dabei zu summen. Meine Satteltaschen lagen geöffnet neben dem Ofen. Die Waffen waren nirgendwo zu sehen.

„Wo ist mein Karabiner?"

„Ich habe ihn wieder zum Pferd gesteckt. Uriel braucht keine Kriegswaffen. Der andere Mann auch nicht. Er hatte den Rauch im Hals."

„Welcher andere Mann? Brazhinsky?"

Das Diphenhydramin lähmte mich, aber die Fessel war locker, ich schob das Handgelenk hin und her und versuchte dabei, ihn abzulenken. „Welcher Mann?"

„Ein Mann, nicht so dunkel wie Sie, Herr. Erst kam er. Zwei Soldaten kamen angeritten und machten Rast bei meiner Hütte. Er sprach mit ihnen, ohne in Wirklichkeit zu sprechen. Ich fürchtete mich, nahm die Bibel und versteckte mich im Wald."

„Es gibt diese Bücher nicht mehr."

„Doch, doch, es gibt sie noch, ich habe eines gerettet, vor den grossen Bibelfeuern. Wie haben sie gelodert in den Städten! Auf und ab tanzten die lieben Flammen, auf und ab. Der Mann wusste, dass sie ihn verfolgen, er hat auf sie gewartet. Aber sie haben es auch gewusst. Dzulo."

„Wie bitte?"

„Er hat hier auf sie gewartet."

„Nein, danach. Was hast du danach gesagt?"

„Dzulo."

„Du sprichst Chichewa."

„Ja, Herr, usiku dzulo, gestern nacht“, sagte er und lächelte. „Tikuoneni Maria wa tschaulele tschodzadzae.“

„Ich grüsse dich, gnädige Maria. Das ist ein Gebet aus dem Bibelbuch.“

„Ja, gewiss, daher kommt es. Es heisst: Gegrüsst seist du, Maria, voll der Gnade.“ Ein sonderbarer Glanz erschien in seinen Augen, er blickte nach oben und sah nicht, dass ich mich fast von der Lederfessel befreit hatte.

„Maria ojera amaji a mulungu mutipemferere ife, tsopano ndi pa ntawi sosata, Amen. Heilige Maria Mutter Gottes, bitte für uns Sünder, jetzt und in der Stunde unseres Todes, Amen.“

„Amen. Interessant. Aber es ändert gar nichts.“ Ich hatte endlich geschafft, mich loszumachen, sprang vom Bett und schlug ihm mit einer schnellen, harten Bewegung die Faust ins Gesicht. Uriel fiel nach hinten über, stiess mit den Schultern gegen den Ofen und den Topf, die heisse Suppe schwappte auf den Fussboden, er krallte sich an dem Raketen-Plakat fest, und es riss von der Wand. Ich stürzte mich auf ihn, er war erstaunlich kräftig für seine Grösse, ich rang mit dem Zwerg im glitschigen Suppenbrei hin und her, bekam den Topf zu fassen und schlug ihn ihm über den Kopf.

Es war still in der Hütte. In der Ecke begann der furchtbare Uriel leise zu röcheln und zu stöhnen, er blutete an einer Stelle am Haaransatz, und ich wischte mir im Sitzen, so gut es ging, die Uniform ab. Ich schloss ein paar Sekunden die Augen, torkelte dann, durch das Diphenhydramin noch immer ganz benommen, nach draussen vor die Tür und rieb mir erst das Gesicht mit Schnee ein, anschliessend zog ich mir die Uniformjacke und das wollene Hemd aus und wusch meinen nackten Oberkörper mit dem eisigen Schnee. In ein paar Stunden würde es dunkel werden. Dann stapfte ich zu meinem Pferd, nahm den Mannlicher und lud durch, plötzlich übermannt von dem starken Wunsch, den drinnen in der Hütte wimmernden Zwerg zu erschiessen. Das Klicken des Karabiners, der Knall, die Vögel.

Ich zog mich wieder an, verbot mir diese Gedanken, holte die Satteltaschen und stieg auf mein Pferd. Es wäre feiger Mord, ich wäre nicht besser als Brazhinsky, der die Appenzeller im Wald getötet hatte. Uriel hatte begonnen, in der Hütte bitterlich zu weinen. Ich ritt weiter Richtung Süden unter einem grauen Himmel, bald war das Schluchzen nicht mehr zu hören.

Als es zu dunkel geworden war, um weiterzureiten, machte ich unweit eines Dorfes Rast. Der kleine Ort, der im Grunde nichts weiter war als ein paar Höfe, die sich um die Ruine einer alten, niedergebrannten Kirche geschart hatten, schien von Menschen verlassen zu sein, aber ich wollte nicht nachsehen, ob dem wirklich so war. Ich band das Pferd an einen umgestürzten Telegrafenmast, breitete meine zwei Decken aus, kaute auf einem Stück Trocken-Yama, legte mich hin und ass, den Kopf an den Mast gelehnt, etwas Schnee. Wind kam auf, die Kälte kroch mir in die Glieder, aber innen war noch viel Wärme, mehrere Stunden. Kurz bevor ich einschlief, war ich im grünen Hochland der Mulanje-Berge, ich lief barfuss durch langes Gras und hörte wie von Ferne leises Flügelschlagen. Ich öffnete die Augen und sah drüben im Dorf, jenseits des Feldes, eine Laterne leuchten.

Ich bewegte mich sehr langsam, schnitt mit einem kleinen Messer den Zeigefinger meines rechten Handschuhs ab und griff nach dem Mannlicher. Das Pferd bewegte sich nicht. Jemand schien tatsächlich eine Sturmlaterne durch das Dorf zu tragen. Es waren deutsche Partisanen oder Bauern. Zwei, nein, drei Umrisse. Ich atmete nicht, um besser hören zu können. Das leise Weinen eines Kindes, zwei Männer, dann ein Schlag wie Holz auf Holz, ein gedämpfter Schrei, Stille, etwas Schweres wurde geschleift, die Laterne wackelte hin und her, dann verschwanden sie und die Schatten in einem der Häuser. Kurze Zeit später war eines der Fenster hell erleuchtet.

Ich wuchtete mich über den Telegrafenmast und betrat das Feld, den Karabiner in den Händen, den nackten Finger am Abzug. Schritt für vorsichtigen Schritt lief ich über den Acker, das gelbe Licht und die Schatten, die darin tanzten, nicht aus den Augen lassend. Auf halbem Wege hinüber zum Dorf blieb ich stehen. Unter meinem rechten Stiefel hatte es metallisch geklickt. Ich schloss die Augen. Ein kleines Rinnsal hinter meinem Ohr, in den Nacken hinein. Eis. Minen. Ein Minenfeld. Mir war, als leerte sich meine Blase. Der Urin durfte nicht meine Beine herablaufen. Ich war an diesem Ort. Ich hatte die Wirkung der Sprungminen bei Schweizerisch-Salzburg selbst gesehen. Vielleicht stand ich aber auch auf dem Auslöser einer Gasmine. Auch möglich, dass es eine Phosgen-Mine war oder eine Benzilsäure-Halluzinations-Mine oder eine einfache Sprengmine mit Druckzünder, die den Rumpf von den Beinen trennt. Ich durfte mich nicht bewegen, das war alles, was ich tun musste. Das zweite Klicken würde ich nicht mehr hören. Wie lange konnte man so in der Nacht stehenbleiben?

Das Fenster jenseits des Ackers war immer noch erleuchtet. Ich unterdrückte den unmenschlich starken Wunsch, laut zu schreien. Meine Beine begannen zu zittern, erst kaum merklich innen, dann immer stärker. Ich hielt mir die Schenkel fest, sie waren wie aus Kautschuk. Die Mine pochte unter meinem Stiefel. Es gab keinen Gott. Wir wurden im Krieg geboren, und im Krieg würden wir sterben.

Ob ich alles geglaubt habe, hatte Favre gefragt. Berge und Vögel. Das war es jetzt, der Tod. Er dauerte lange. Dafür war ich auf der Welt. Beweg dich einfach. Beweg dich nicht. Ex nihilo, Mwana. Ich schrie, so laut ich konnte.

Die Männer hatten beendet, was sie im Haus getan hatten, und kamen an den Rand des Feldes gelaufen. Die Sturmlaterne wurde auf mich gerichtet, sie waren vielleicht dreissig Meter entfernt und beide bewaffnet. Es waren deutsche Partisanen in weiten schwarzen Mänteln, einer trug ein Hundefell über den Schultern, den Kopf des Hundes über sein eigenes Haupt gezogen. Er spuckte etwas Weiches, Dunkles in den Schnee. Ich hob den Karabiner, mehr aus einem Reflex heraus. Ich wagte nicht zu schiessen wegen des Rückstosses.

„Meine Gott, sieh mal, ein Negerschwein!"

„Hallo! Warum schiesst er nicht? Knall ihn ab, Mensch."

„Der Affe steht mitten in dem Minenfeld. Wahrscheinlich steht er sogar direkt auf einer Mine. Die Kugel können wir uns sparen."

„Steht wie festgenagelt auf seiner eigenen Schweizer Mine!", lachte er. „Weisst du was, Untermensch? Wir haben uns an einem kleinen Schweizer Mädchen vergangen da im Haus, hörst du, Neger? Wir haben sie auch ganz schön festgenagelt. Sie war viel zu eng für uns beide. Jetzt ist sie tot. Ich habe sie totgebissen." Er lachte und drehte die Lampe so zu sich hin, dass im gelben Lichterschein sein tätowiertes Gesicht erhellt wurde, sein Mund war blutverschmiert. „Irgendwann wirst du müde werden oder durstig oder hungrig, Neger. Und dann: Wumm."

Der Tätowierte wischte sich mit dem Ärmel den Mund ab und spuckte erneut aus. Dann lachten die beiden Deutschen und stapften durch den Schnee zurück Richtung Haus. Ich hob den Mannlicher und drückte den Kolben an meine Wange. Sie hielten die Laterne genau zwischen sich, ich zielte auf deren Rücken und drückte den Abzug fünfmal rasch hintereinander. Die Laterne flog hoch und zerschellte am Boden, und beide Männer fielen lautlos vornüber in den Schnee. Das Echo der Schüsse verhallte blechern in der nächtlichen Ferne. Mein Bein zitterte nicht mehr, die Mine war nicht explodiert. Ein Gefühl der unendlichen Gleichgültigkeit. Die Laterne zischte und erlosch, die beiden Toten waren nun nur noch als Umrisse im Schnee zu erkennen. Wärme unter dem Stiefel. Krieg. Ich durfte nicht einschlafen. Ich konnte mich auch fallen lassen.

Nach einer halben Stunde des Stillstehens, in der ich wieder in Afrika war, hörte ich ein Rascheln hinter mir und sah den schwachen Schein einer Öllampe.

„Du hast mich nicht gefragt, warum ich Chiwa sprechen kann, Herr."

Ich drehte mich vorsichtig um, so gut es ging. Es war Uriel, der Zwerg. Er war mir gefolgt und stand bei dem umgestürzten Telegrafenmast, dreissig Meter hinter mir, und streichelte lächelnd mein Pferd.

„Uriel."

„Ja, ich bin es. So treffen wir noch mal aufeinander, wie es im Bibelbuch beschrieben ist", sagte er und kicherte.

„Ja."

„Du stehst auf einer Mine, Herr. Deswegen bewegst du dich nicht. Du darfst dich nicht bewegen, aber Uriel wird dir helfen, obwohl du den Zwerg übel geschlagen hast. Ich werde ..."

„Ich glaube nicht an das Buch, von dem du sprichst."

„Uriel wird dir aber trotzdem helfen. Sieh mal her."

Und Uriel schritt langsam auf den Acker, die Öllampe nah am Boden haltend, exakt in meine Fussstapfen hineintretend.

„So. Ganz vorsichtig." Er kicherte wieder.

„Hör auf. Bleib weg."

„Ich habe Schüsse gehört, da wusste ich, wo du bist. Sei ganz ruhig. Uriel kommt zu dir. Habe keine Angst."

Er näherte sich Schritt für Schritt. Er würde die Mine auslösen, das Phosgen würde sich in Millisekunden ausbreiten, wir würden einatmen, die elektrischen Felder im Gehirn würden kollabieren, alles wäre ausgelöscht, ich klammerte mich an das Leben, ich wollte nicht sterben. Favre war dort, die Hindustanis, Brazhinsky und sein Satori, von dem sie gesprochen hatte, der Zustand, das Jetzt, die neue Sprache, der Krieg, das furchterregende Leben, ich wollte noch nicht sterben, nicht jetzt, in einer halben Stunde vielleicht, aber nicht jetzt.

In meinen letzten Fussstapfen vor der Mine angekommen, blieb Uriel stehen und umfasste lächelnd meine Hüfte.

„Da wären wir", sagte er und atmete aus.

„Uriel, geh weg."

„Du kannst nichts machen gegen mich. Ich bin da. Du hast die anderen getötet. War das hilfreich?" Er begann zu summen, stellte die Öllampe in den Schnee und zog unter seiner Kutte ein flaches Stück Metall hervor, nicht grösser als ein Buch. Ich sah die Suppenflecken auf seinem Gewand, die Beulen und die eingefrorene Blutkruste an seiner Stirn, dort, wo ich ihn mit dem Topf geschlagen hatte.

„Du hättest dich heraushalten sollen. Bleib ruhig stehen, Herr. Ich schiebe dir jetzt dies hier unter den Fuss. Du darfst dich nicht ruckartig bewegen und nicht deinen Stiefel hochheben, verstehst du?" Er sah mich ernst aus seinen kleinen dunklen Augen an. „Sag ja, wenn du verstehst, wie du es machen sollst."

„Uriel ...“

„Flüster, wenn du nicht anders kannst.“

„... ja.“

Er beugte sich nieder und bewegte, während er die Zunge zwischen seine angespitzten Schneidezähne steckte, die Metallplatte langsam zwischen die im Schnee verborgene Mine und meinen Stiefel. Ich hob die Hacke, und während sich das Gewicht meines Körpers auf die Ballen verlagerte, fühlte ich, wie Uriel erst kaum merklich seinen Stiefel unter meinen auf der Metallplatte schob und dann, lauter summend, sein Gewicht verlagerte und mich, immer noch meine Hüften festhaltend, zur Seite drückte; ich konnte nichts dagegen tun und stand nun frei im Schnee, während er selbst auf der Mine stand.

„Geh in meinen Spuren zurück zu deinem Pferd“, sagte er, hockte sich in die Knie und zog die Kutte enger um seinen kleinen Körper. „Geh, Herr.“

„Warum hast du das gemacht?“

„Uriel weiss es genau! Und du weisst es nicht! Ich habe das Bibelbuch in deiner Sprache gelesen, Mann aus dem Süden, jahrelang. Gewiss, so war es. Chichewa habe ich auf diese Weise gelernt. Du musst denjenigen finden, den du suchst, den atmenden Mörder. Wie er spricht. Habe Erbarmen mit mir. Es läutet in meinem Kopf, Chiwa. Ich habe keine Angst. Nun geh.“

„Warum, Uriel?"
„Hörst du die Glocken, Herr?"
„Nein."
„Sie klingen wunderbar."

Es war sinnlos. Mein Körper war mein Körper. Entweder ich stellte mich wieder auf die Mine, oder ich lief jetzt zurück zu meinem Pferd. Uriel begann in der Dunkelheit, sanft auf Chichewa zu sprechen, sein Singsang verwehte leise über den Acker: „Maria ojera amaji a mulungu mutipemferere ife, tsopano ndi pa ntawi sosata, Amen."

Im Osten war am Horizont das erste Licht des Tages zu sehen, es musste wohl schon sechs Uhr früh sein, erschöpft ritt ich dem zaghaft erscheinenden Tag und dem Bergréduit entgegen. In der Ferne hinter mir hörte ich eine dumpfe Explosion, mein Pferd legte die Ohren an, blieb stehen und lauschte, aber es donnerte nur das furchtbare Echo von den stillen und weissbedeckten Hängen herab.

VIII.

Endlich nun erschienen mir die Ausläufer der Berge. Die Spitze des Schreckhorns war von Wolken verhangen, weit dahinter lagen, für mich unsichtbar, der Piz Lenin und jene Gebirgszüge, die das Réduit in ihrem Inneren bargen. Ich war Dutzende von Werst durch das langgedehnte Tal galoppiert, das sich zwischen den Vorgebirgszügen hinstreckte, und erreichte gegen Mittag die bescheidene Ortschaft Meiringen. Einige Soldaten standen in der Nähe eines Fabrikgebäudes, in dessen Seite und Dach ein grosses Loch klaffte, sie hatten hinter Sandsäkken am Dorfausgang Position eingenommen, die Sonne stiess ab und zu durch die Wolken.

In einem ähnlichen Dorf hier ganz in der Nähe hatten sich vor vielen Jahren die Eidgenossen Lenin, Grimm und Trotzki getroffen und auf einer geheimen Konferenz sowohl unsere kommunistische Revolution geplant als auch die Gründung der SSR. Das Dorf war von den Deutschen und ihren Flammenwerfern mit bestialischer Radikalität dem Erdboden gleichgemacht worden, nichts sollte mehr daran erinnern, kein Stein, kein Baum sollte unsere Mythenbildung mehr nähren können.

Als die Soldaten mich sahen, richteten sie ängstlich das schwere Maschinengewehr auf mich. Es waren brave, sehr einfache Männer, die das Dorf Meiringen vor deutschen Partisanen schützen sollten, ohne jede politische Schulung, ohne Verstand. Ich stieg unbewaffnet vom Pferd, hob die Hand zum Rütligruss, sie erkannten meine Uniform und liessen den Lauf des Maxim-Gewehrs sinken.

Ich trank mit ihnen einen Schluck Mbege, den einer von ihnen aus einer Feldflasche herumreichte, als er sah, dass ich nichts dagegen hatte, und es schien sogar, als freuten sie sich nun über meine Ankunft. Der Soldat, der nach mir trank, wischte zwar mit dem Ärmel den Hals der Feldflasche ab, bevor er zum Trinken ansetzte, aber selbst das machte mir nichts aus; ich wusste, es war nur ein Reflex, aus Unwissenheit geschehen und aus Ignoranz. Sie klopften sich auf die Schenkel und erzählten derbe Witze. Sie waren unter Schweizern, auch wenn der ranghohe Offizier, der lächelnd neben seinem Pferd stand, eine andere Hautfarbe hatte. Sie berichteten, dass in der Fabrik, die sie bewachten, bis zur ihrer Zerstörung durch ein deutsches Geschütz Motorenteile hergestellt worden waren. Nun gab es hier in Meiringen nichts mehr; die Ingenieure seien in das nahe liegende Réduit geflohen, die Arbeiter in alle Himmelsrichtungen. Einer der Soldaten bot mir schüchtern eine Papierosy an, die ich dankend aus der Schachtel nahm; gierig sog ich den heissen Rauch tief in meine Lungen hinein.

Ich fragte nach dem Weg zur Aareschlucht, und der älteste von ihnen nahm mich beim Arm. Er war fast schon ein Greis, sein Militärmantel war an vielen Stellen geflickt, er trug ein Barett auf dem Kopf, welches er sich unter dem Kinn mittels eines verknoteten grobwollenen Tuches festgebunden hatte, von seiner Schläfe zog sich unter dem Auge eine hässliche, U-förmige, von einem Granatsplitter verursachte Narbe bis zur Nasenwurzel hin. Wir liefen zusammen über nie fertiggebaute Strassen am Rande Meiringens, bogen dann, nachdem er mich, als ich reflexartig zusammenzuckte, mit sanftem Druck seiner Hand beruhigte, es seien dort keine Minen gelegt worden, rechts über einen Acker ab und erklommen einen steilen Pfad, der nach einer Viertelstunde beherzten Steigens auf einer kleinen steinernen Plattform mündete. Wir standen schweigend nebeneinander und blickten in den zu Eis erstarrten Wasserfall hinab, und während ich glaubte, an der Peripherie meines Blickes eine schwebende Sonde zu sehen, kniete sich der alte Soldat hin, zog aus seinem Beutel eine Patent-Rasierklinge und begann, die weissen Stoppeln an seinem Hals und seinen Wangen zu bearbeiten.

„Das, mein Sohn, sind die Reichenbachfälle", sagte der Alte gravitätisch, hielt sich mit zwei Fingern die Nasenspitze fest und schabte mit dem Apparat die schwierige Stelle zwischen Nasenlöchern und Oberlippe frei. „Wir halten hier die Stellung, ein paar Mwanas und ich. Wenn sie nicht betrunken sind, machen sie sich aus Angst vor den Deutschen in die Hose. Und du, du hast dich auch angepisst?" Er wies mit der Rasierklinge auf das gefrorene Urin vorne an meinen Hosenbeinen.

„Ja. Ich hatte Angst, auf einer Mine zu sterben."

„Ich habe keine Angst mehr. Ich habe verlernt zu lesen, wie ich es früher konnte. Der Krieg macht uns zu Geisteskrüppeln. Weisst du, dass ich niemals den Frieden erlebt habe, nicht einmal als Säugling? Sechsundsiebzig Jahre diesen Sommer. Es kommt nichts mehr nach uns. Oder aber es geht immer so weiter."

„Lass uns wieder hinuntergehen, Soldat."

„Du entschuldigst, dass ich dich so formlos anspreche, ich weiss, du bist ein hoher Offizier, aber weil du schwarz bist ..."

„Es ist in Ordnung. Gehen wir, komm."

Er steckte den Rasierapparat langsam und sorgfältig in seinen Beutel zurück und stand mit einem kleinen Seufzer auf. Dann zeigte er mir schüchtern ein paar bunte Glasmurmeln, die er, wie er erzählte, seit seiner Kindheit bei sich trug. Er begann zu weinen, und das Salz seiner Tränen brannte ihm an den Stellen, an denen er sich rasiert hatte, feine rote Striemen über die Wangen. Er zitterte, und es schüttelte ihn am ganzen Körper, ich musste ihn am Arm stützen, da er fast ausgerutscht und über den Vorsprung in die Fälle gestürzt wäre. Den Arm um ihn gelegt, stieg ich mit ihm gemeinsam den vereisten und steinigen Weg wieder hinab ins Dorf. Ein halbwilder Wolfshund trabte eine Weile neben uns her, witterte dann aber einen verletzten Vogel auf einem Acker, schoss pfeilschnell auf ihn zu und zerfetzte die blutende Beute unter dem lauten Geheul und den Hurra-Rufen der Rotgardisten hinter den Sandsäcken. Der alte Soldat wischte sich die Tränen mit dem Ärmel ab, damit sie ihn so nicht sahen, und lief zu ihnen zurück.

Zwei Werst jenseits von Meiringen, dort, wo die Aare aus einer Schlucht unterhalb des Schreckhorn-Massivs entspringt, befand sich einer der Eingänge zum Réduit: Doppelte, mit einem kleinen Schweizerkreuz bemalte Betonpfeiler markierten den Eintritt in die tiefe, an manchen Stellen nur sechs oder sieben Meter breite Aareschlucht, die wie mit dem Beil aus dem Berg herausgehauen schien. Aus zu Eis erstarrten Wasserkaskaden tropfte es in die Klamm, an manchen Stellen schimmerten die frostigen Wände blaugrün; Baumstämme, Äste und Felsen bedeckten den Grund und den Bach, der durch die Schlucht talwärts floss. Rostige, schneebedeckte Stahlträger waren kreuz und quer durch die Schlucht gelegt und gehängt worden, für Panzerwagen und selbst für Pferde war ein Durchkommen ab hier unmöglich; ich liess meines gesattelt stehen, schon trabte es hungrig fort, auf der Suche nach Moosen und Flechten.

Fast unsichtbar in der Wand befestigte Betonkabinen dienten als Wachtposten. Hinter einem horizontalen Schlitz stand jeweils, von hier unten aus fast unsichtbar, ein Soldat. Man konnte zwar mit dem blossen Auge kaum sehen, ob die kleinen Bunker besetzt waren, sie strahlten aber ein Gefühl des Beobachtetwerdens aus. Ich setzte mich neben den Bach auf einen Baumstamm und ass langsam und bedächtig ein wenig Nsima und auch etwas Schnee, damit die Posten mich und meine Uniform genau sehen konnten. Meinen Mannlicher hatte ich gut sichtbar einige Meter entfernt in eine Verwehung gelegt. Das unangemeldete Erscheinen eines politischen Offiziers war zwar hier unten eher eine Seltenheit, und ein deutscher Partisan würde sich niemals so nah bei Tageslicht an einen Réduiteneingang heranwagen, aber ich musste sichergehen, dass Brazhinsky nicht vielleicht Befehl gegeben hatte, auf mich zu schiessen.

Höher oben, an den unteren Hängen der Ausläufer des Schreckhorns, ragten Geschützrohre steil auf in den grauen Himmel. Ein Weg war so durch die Felswand gehauen worden, dass nur ein einzelner Mensch passieren konnte, es ging leicht bergan, durch einen an der Seite zum Bach offenen Gang. Ich lief Schritt für Schritt hinauf, nicht ohne Ehrfurcht und eine leise Verzagtheit; meine Jahre als Offizier hatten mich kaum auf die Erhabenheit dieses Augenblicks vorbereitet. Um mich waren keinerlei Lebewesen mehr, nur das Rauschen des weissen Wassers zu meiner Linken, die Betonbunker, die vielleicht leer waren, und über mir das erdrückende Gewicht des Gesteins, des schneebedeckten, schrecklichen, anorganischen Massivs.

Hier in dieser unscheinbaren Schlucht begann also das Réduit, das Jahrhundertwerk der Schweizer – Kern, Nährboden und Ausdruck unserer Existenz. Ich trat vor ein altes eisernes Tor, das wohl noch aus den Anfängen des Tunnelsystems stammte, eine rostige Luke wurde auf Augenhöhe zur Seite geschoben, und nach wenigen Augenblicken öffnete sich das Tor. Einige Rotgardisten richteten die Mündungen ihrer Gewehre auf mich, eine Korporalin näherte sich mir im Schutze eines vor ihren Körper gehaltenen Stahlschildes in Form ihres Körpers – ich hatte dergleichen auch in Schweizerisch-Salzburg gesehen, die Schutzmassnahmen erschienen mir nicht effizient, ein deutscher Selbstmordattentäter hätte eine

Gasgranate längst zünden können – und verlangte ängstlich und mit ausgestreckter Hand meine Papiere.

Ich reichte sie ihr vorsichtig herüber, sie überflog die Schriftzeichen und den Bildstempel des Neu-Berner Sowjets und liess dann den Stahlschild zu Boden sinken. Die anderen Soldaten in der Grotte atmeten hörbar aus und nahmen Haltung an, die Korporalin griff in ihre Umhängetasche, zog eine Handvoll einer Substanz heraus, die wie gelbes Gelee aussah, und strich mir etwas davon vorne rechts über die Uniform.

„Was ist das?"

„Das ist die Kennung. Sie können sich hier nun frei bewegen. Willkommen im Réduit, Kommissär."

„Man kann ihn hier im Halbdunkel sowieso schlecht sehen", feixte einer der Soldaten, ein zweiter prustete los.

„Soldat Bodmer!", rief die Korporalin. „Kommen Sie auf der Stelle her!"

„Jawohl!"

„Hier, direkt vor mir! Stehen Sie gerade!" Und dann schlug sie dem Soldaten mit der geballten Faust mitten ins Gesicht. „Zehn Tage Dunkelarrest!"

„Aber ..."

Bodmer war hintenübergefallen, aus seiner Nase sickerte ein schmaler Streifen Blut. Die anderen Soldaten waren totenstill.

„Dreissig Tage Dunkelarrest!"

„Entschuldigen Sie, Kommissär. Es ist meine Schuld. Ich habe meine Truppe nicht unter Kontrolle."

„Das stimmt."

„Bitte verzeigen Sie mich", sagte sie. „Ich bin unzuverlässig."

„Ich werde es vormerken und an höherer Stelle anbringen."

„Jawohl, Eidgenosse."

Ich hatte nicht die geringste Absicht, Derartiges zu unternehmen. Ich liess sie stehen und kletterte eine in den Fels eingelassene Eisenleiter hoch. Im Inneren der zweiten Grotte war es nun wesentlich wärmer, die Wände dieser Kaverne waren mit einer Vielzahl von elektrischen Lampen versehen. Umgeben vom behaglichen Summen unsichtbarer Motoren tief im Gestein, betrat ich einen grossen Raum, dessen Decke sich vielleicht fünfundzwanzig Meter über mir wölbte, aber dennoch bis oben hin, bis in die entferntesten Winkel vollkommen ausgeleuchtet war.

Ich sah vor mir die Schienenstränge einer Schmalspurbahn, die sich in zwei Tunnels aus dieser Hauptkaverne entfernten. Eine stählerne Lore stand auf einem Nebengleis, Soldaten waren damit beschäftigt, sie anzuschieben, man rief sich zu, hurtig einzusteigen, rasch kam die Lore in Fahrt, ein Rotgardist verlor rufend seine Mütze, ein anderer regulierte das Vorwärtskommen mittels eines einfachen Gegendruck-Bremssystems, und schon sauste das Gefährt auf der anderen Seite der grossen Kammer in die dunklen Tiefen der Bergfestung hinab.

Ich sah an der Wand sich entlangziehende Reliefarbeiten, welche im Stil des sozialistischen Realismus die Geschichte der Schweiz erzählten, von den Anfängen der Kriege gegen die Habsburger und Burgunder, vom Bauernaufstand auf der mythischen Rütliwiese – gut zu erkennen war der alte, von der SSR übernommene Schweizergruss, der hochgestreckte Arm, die erhobenen zwei Finger und der Daumen, und der heilige Eid, sich fortan im Kriege zu bewähren –, dann die kurze Zeit des feig erzwungenen Friedens von Basel und die glücklich darauf folgende, erste Expansion des Schweizer Kernlandes durch sein Söldnerheer bis ins italienische Mailand. Ich sah Darstellungen des Reformators Zwingli, des ersten Schweizers, der für die Abschaffung der niederträchtigen Kirche gekämpft hatte, und ich erkannte das Ebenbild des mächtigen Bauernanführers Niklas Leuenberger, dessen kriegerisches Wirken und heldenhaften Opfertod wir in den afrikanischen Militärakademien genauestens studiert hatten. Ich fühlte mich mit einem Mal an die abstrakten Malereien in den Felshöhlen bei Chongoni erinnert, an die wundersam kreisförmigen, afrikanischen Schraffierungen meines eigenen Volkes, die ich in meiner Jugend gesehen hatte. Dort wie hier wurde im Halbdunkel einer Grotte von unbenannt gebliebenen Künstlern Zeugnis abgelegt über das Vergehen und über den furchtbaren Verlauf der Zeit und ihrer Kriege.

IX.

Das erste Zusammentreffen mit Oberst Brazhinsky geschah wie zufällig, ich bekam eine Zitrone von ihm geschenkt. Am Abend des ersten Tages meiner Ankunft im Réduit gab es ein starkes deutsches Bombardement, eine junge Pionierin wies mit der blechernen Flüstertüte die Neuankömmlinge in einen der Nebenschächte des ersten Abschnitts, und ich reihte mich ein in die Gruppe zumeist junger Soldaten. Ich sah dampfende Röhren, die wie das Wurzelwerk eines endlosen unterirdischen Baumes aus den Wänden wuchsen, perspektivisch unmöglich schiefe Böden, hoch über mir Decken, von denen kondensierte Feuchtigkeit auf uns niedertropfte, wieder emporstieg und abermals auf uns hinabregnete und innerhalb des Höhlensystems so ein eigenes Klima schuf; das

Réduit erschien auf furchterregende Weise organisch, doch je höher man kletterte, desto anorganischer und steriler wurde alles, je weiter man in die Höhe der Bergfestung stieg, umso gerader und exakter waren die Wände und Decken gearbeitet, so dass durchaus ein architektonischer Wille auszumachen war, der auf sich selbst aufbaute: Die Arbeit am Réduit war vor hundert Jahren begonnen worden. Man hatte erst einfache Schächte in den Fels getrieben, diese anfangs mit Baumstämmen abgesichert, anschliessend mit Eisenträgern, dann wurden Quertunnels gegraben, die die ursprünglichen Höhlen miteinander verknüpften, es entstand ein Netz an Bohrungen und Nebenschächten, die im Nichts endeten. Schliesslich waren, je mehr Menschen und Material Platz finden mussten, die Kavernen derart vergrössert worden, dass man Schienen und betonierte Wege legen konnte, Hallenfluchten und Räume wurden angelegt, die so gross waren wie die höchsten Kathedralen der Engländer, und so ging es immer tiefer und gleichzeitig immer höher in das Massiv hinein.

Wir fuhren mit eisernen Fahrstühlen, die wie Käfige an Stahlseilen befestigt waren, tiefe Schächte hinab, betraten elektrisch beleuchtete Zwischengänge und wurden dann von einem grösseren Fahrstuhl wieder hinaufgefahren. Der Berg erbebte unter dem Beschuss der Deutschen, der Fahrstuhl blieb stehen, und wir hingen in der Luft wie Kanarienvögel in einer rostigen Voliere.

Fast eine Stunde lang rieselte Staub von den Kavernendecken, ein blonder Soldat ergriff gedankenlos meinen Arm und hielt ihn aus Furcht so lange und fest gedrückt, dass blaue Flecken auf meiner dunklen Haut erschienen. Von den Wänden und aus den Röhren unter uns sirrten Schrauben wie Geschosse, flogen durch Dampfdruck ausgestossene Projektile, kurz schien es, als würde alles einstürzen und uns für immer im Massiv begraben, dann war es wieder ruhig, bis die nächste Explosion dumpf und krachend den Berg erzittern liess.

Die junge Pionierin flüsterte, nur Mut, es sei ein Mischbombardement aus den Kaliber-52-Krupp-Schienengeschützen, die höchstwahrscheinlich auf Schienen an die Front bei Grenoble gerollt worden waren, und den einfachen Tausend-Kilogramm-Fallbomben, aus denjenigen Luftschiffen geworfen, die das starke schweizerische Sperrfeuer um das Réduit durchbrochen hatten. Es würde halten, sagte sie, seit Jahrzehnten schon wäre der Fels stark und das Réduit tief genug. Wir mussten alle vom Staube stark husten, dann gab es einen Ruck, bei dem der Blonde vor Angst schrie, der eiserne Käfig fuhr wieder an, es ging weiter nach oben, fünfzig Meter, hundert Meter, zweihundert Meter, endlich wurden die Gitter der Fahrstuhltüre aufgeschoben, ein Mann stand an der Öffnung, es war Brazhinsky, ich wusste es sofort.

Er trug eine runde kleine Brille, die einfache hellgraue Uniform eines Stabsarztes und kurzgeschorenes Haar, sein auffälligstes Merkmal war seine fast abnorme Unscheinbarkeit, er sah ausserordentlich durchschnittlich aus; in einer Menschenmenge wäre er niemandem aufgefallen. Er hielt eine braune Papiertüte vor sich, griff hinein und gab jedem von uns, der aus dem Fahrstuhl trat, lächelnd eine Zitrone in die Hand.

„Nehmen Sie nur, Eidgenossen, greifen Sie zu. Haben Sie solche herrlichen Zitronen schon einmal gesehen? So – für jeden eine."

Das Bombardement endete ähnlich abrupt, wie es begonnen hatte. Brazhinsky legte den Kopf leicht zur Seite. Wir waren sprachlos. Die junge Pionierin salutierte schüchtern. Es schien für einen Augenblick, als wolle der blonde Soldat sogar zurück in das schützende Halbdunkel der Fahrstuhlkammer. Brazhinsky umgab, was man inzwischen im Schweizerischen eine Oktoberhaut nennt, eine starke, projizierende Aura, offensichtlich konnte nicht nur ich es fühlen. Noch machte ich es an seiner magnetistischen Persönlichkeit fest. Ich trat einen Schritt vor, steckte die Südfrucht in meine Umhängetasche und legte die Hand an den Revolver.

„Oberst Brazhinsky."

„Da sind Sie ja, Kommissär", sagte er. „Ex Africa semper aliquid novi. Kommen Sie mit mir, wir haben einiges zu besprechen."

„Brazhinsky, ich habe die Aufgabe, Sie zu verhaften."

„Ich weiss, ich weiss, mein Freund. Kommen Sie." Er ging voraus, den Gang hinunter, ich konnte nichts anderes tun, als ihm zu folgen. Die Deckenlampen knisterten in den Metallgehäusen. Er setzte sich einfach darüber hinweg.

„Halt. Es reicht. Wo ist das Revolutionskomitee des Réduits? Wer hat hier oben Autorität? Brazhinsky." Ich zog meinen Revolver und zielte auf ihn. „Brazhinsky, bleiben Sie stehen. Ich bin Parteikommissär der Stadt Neu-Bern, beauftragt vom Obersten Sowjet der Schweiz, Sie festzunehmen."

„Kommissär! Lassen Sie sofort die Waffe fallen!" Die junge Pionierin aus dem Fahrstuhl war mir gefolgt, sie stand breitbeinig da, ihren Revolver gezogen und beidhändig auf mich gehalten, den Lauf nicht zu hoch, sondern vorbildlich in die untere Mitte des Zieles, den Zeigefinger um den Abzug gekrümmt, so wie man es auf den Akademien lernt.

„Pionierin! C'est un commissaire! Laissez tomber immédiatement!" Hinter ihr stand der schüchterne blonde Soldat aus dem Fahrstuhl – es war ein Welscher – und hielt seinen Revolver an ihren Hinterkopf. Ein Schweisstropfen rann ihm von der Nase, er wischte ihn mit dem Rücken seiner freien Hand fort, aber die Waffe in der anderen Hand war ruhig und stetig und zitterte nicht. Eine Südfrucht kullerte geräuschlos in die Ecke.

In diesem doch recht tragikomischen Moment, in dem wir drei Schweizer und der Pole Brazhinsky jenes tableau vivant der gegenseitigen Bedrohung bildeten, hörte ich zum ersten Mal die neue Sprache, von der Favre berichtet hatte, ich und die anderen bekamen zu sehen, wie sie benutzt werden konnte: Brazhinsky öffnete den Mund, und ich erhielt einen gewaltigen Stoss versetzt, sein Willen drückte erst mir die Waffe aus der Hand, dann der Pionierin und dem welschen Soldaten. Die Revolver fielen mit laut-schepperndem Getöse auf den steinernen Boden, und Brazhinsky schloss den Mund.

„So, und nun zeige ich Ihnen Ihr Zimmer, Kommissär."

„Brazhinsky ..."

„Sie werden müde sein. Ihr anderen", befahl er, „nehmt den Fahrstuhl wieder ein Stockwerk tiefer, in die Essensräume. Es ist alles in Ordnung. Und vergesst eure Zitronen nicht!"

„Sie sehen mich äusserst und zutiefst überrascht, Oberst." Ich bewegte mich aus der Schall-Umklammerung heraus, versuchte aber nicht, meine Pistole aufzuheben. Brazhinsky bückte sich und reichte sie mir, den Griff voran.

„Das Revolutionskomitee des Réduits gibt es nicht", sagte er und führte mich einen elektrisch beleuchteten Gang entlang, auf dessen Boden Filzteppiche ausgelegt und an dessen Wände in bestimmten Abständen Haltevorrichtungen für Gasmasken montiert waren. „Der Sowjet weiss nicht, was wir hier oben tun. Und es interessiert ihn auch nicht."

„Unglaublich."

„Aber es ist so."

„Sie sind vorgestern hier angekommen."

„Erst gestern in der Früh. Allerdings war ich natürlich schon sehr oft hier. Ich bin praktisch während der ganzen Zeit der deutschen Besetzung Neu-Berns zwischen meinem Geschäft in der Münstergasse und hier oben hin und her oszilliert, wenn Sie so wollen."

„Aber bitte, es muss doch eine Art Kommandostab geben, eine Führungsebene."

„Ja, sicherlich, das gab es einmal, vor vielen Jahren. Nun nicht mehr. Sehen Sie, das Réduit hat sich verselbständigt. Es ist immer grösser geworden, es wächst immer noch weiter. Die SSR als Modell ihrer selbst. Hier nun bitte rechts entlang." Wir bogen in einen geräumigen Nebengang ab. Ein Gedanke erschien, unvermittelt: Brazhinsky war wahnsinnig.

„Was ist das Réduit?"

„Der Kern, verstehen Sie? Eine autonome Schweiz. Wir führen hier oben keinen Krieg mehr nach aussen, wir verteidigen die Bergfestung, gewiss, aber wir expandieren nur noch im Berg."

„Aber welchen Zweck verfolgt denn das Ganze? Und wer bedient die Maschinen? Wer baut und gräbt weiter? Woher kommt der Strom?"

„Ach, Kommissär. Techniker, Arbeiter, Maschinisten, Ingenieure, was weiss denn ich. Jeder trägt seinen Teil dazu bei, jeder arbeitet, so gut er kann."

„Der Kommunismus."

„Ja", nickte Brazhinsky und nahm seine Brille ab. „Der Kommunismus. Hier in diesem Zimmer können Sie wohnen." Er lächelte. „Sie sehen, ich sage nicht, es ist ihr Zimmer."

Es war ein einfacher, fensterloser Raum, an dessen der Tür gegenüberliegender Wand ein Spiegel befestigt war, in dem wir unsere Umrisse beim Eintreten eingerahmt wiederfanden. Ein Schreibtisch, ein Stuhl, ein Krug mit Wasser, ein Feldbett, darüber das gleiche Plakat, das ich vor einigen Tagen in Uriels Hütte gesehen hatte: Mit dem Schweizerkreuz bemalte Raketen ragten aus einem Bergmassiv in den blauen Himmel hinein. Ich legte Militärmantel, Pistole und Umhängetasche in die Ecke und wies auf das Plakat.

„Die Raketen, sie sind endlich fertig geworden, die Vorwärtsverteidigung. Der Frieden, den wir uns seit einem Jahrhundert wünschen."

„Nein."

„Erklären Sie es mir, Brazhinsky. Halten Sie mich nicht für einen Idioten."

„Auf dem Tisch ist ein Spiel für Sie, welches die Hindustanis erfunden haben, sie nennen es Chadhurangam, ich werde es Ihnen beibringen, morgen oder übermorgen. Wir haben Zeit."

„Ich kenne Chadhurangam."

„Dann gute Nacht, Kommissär. Schlafen Sie jetzt", sagte er lächelnd, ging hinaus und schloss hinter sich die Tür.

Ich legte mich angezogen mit dem Gesicht nach unten auf das mit einem frischen, gestärkten Laken bezogene Feldbett, erschöpft schlief ich sofort ein. Stunde um Stunde sank ich hinab. Auf einem grossen, staubigen, hellbeschienenen Platz, der von hohem Gras und blühenden Bäumen begrenzt wurde, standen dreitausend bewaffnete Rekruten und riefen wie aus einer Kehle: Heil dir, Schweizerische Sowjetrepublik! Ich stand unter ihnen, meine Kraft war wie die ihre, der Sog meiner Gedanken war ein Teil des Körpers aller anderen. Wer hatte nur so eine Szenerie erdacht, aus wessen Intelligenz war diese Maschinerie des Krieges entsprungen?

Die afrikanische Sonne, der pazifische Ozean. Die Sonde schwebte über den Urwäldern; im Schatten unter dem Baobab-Baum lag schlafend die Löwin, sie hatte ihren Hunger gestillt; nun sauste die Sonde dahin; die Menschen, die sich unten an den Flüssen wuschen, hielten inne, blickten erst, den Himmel absuchend, zu ihr empor und, kaum hatten sie die silbern glänzende Flugkugel entdeckt, warfen sie sich schon nach vorne, tief nach vorne in den Morast, und verbargen ihr Antlitz vor dem schrecklich blauen, sirrenden, ewig summenden Auge der Sonde.

Waren sie wirklich meine Brüder? Waren sie mir so vertraut, als ihnen deutsche Kugeln die zu Staub zersplitternde Schädeldecke wegschossen oder als der Druck der explodierenden Granaten ihnen die Eingeweide wie blutrote und eitergelbe Würmer aus den Bäuchen presste? Was fühlte ich, wenn ich sie, die Trillerpfeife im Mund, als erste aus den Schützengräben schickte, hinaus, hoch, unter den Stacheldraht, ins Sperrfeuer, und immer erst dann die Weissen? Und welches Ich fühlte dies? War es ein anderer, der nachts die Schreie der Verwundeten aus dem Niemandsland hörte, jene schrecklichen, erbärmlichen, nass-röchelnden, ertrinkenden, langsam immer leiser werdenden Rufe der Nyanja, oder der Somali oder der Wachaga oder der Borana oder der Luo oder der Habesha oder der Kikuyu, die mit einem Lungensteckschuss zwischen den Linien lagen, war ich dieser afrikanische

Offizier, der sich, wenn keiner hinsah, die Ohren zuhielt? Habe ich denn wirklich geweint um mein Volk? Und habe ich wirklich geglaubt, es seien meine Brüder? Ach, es gibt keine Augenlider. Dies ist die Zeit. Und dies ist die Aufnahme dieser Zeit. Meine Augen sind geschlossen. Ich komme, Bambo, Mulungu, ich komme.

X.

Brazhinsky, der Medizin studiert hatte und in Neu-Bern wohl hier und da als Arzt fungierte, hatte einige einfache ärztliche Untersuchungen übernommen – unter den Bewohnern des Réduits hatte man begonnen, von ihm als einer Art Wunderheiler zu sprechen. Kranke verlangten ausschliesslich nach ihm. Mütter wollten ihre Mwanas nur noch unter seiner Aufsicht gebären. Er kam kaum mit der Arbeit nach. Manchmal nahm er mich mit zu seinen verschiedenen Krankenbesuchen, er wurde dabei von einem Assistenten aus dem Nyasaland begleitet. So erschienen wir in den Stuben der Kranken zu dritt, ein Weisser und zwei Schwarze, und manchmal schrien die Kranken vor Angst auf, als seien wir gleichzeitig Sendboten der Heilung und eines grossen, kommenden Unheils.

Ein untersetzter, stämmiger Hauptmann aus dem Tessin wurde ihm vorgeführt, der stark septisch roch. Brazhinsky bat ihn, ihm seine Augen zu zeigen, und stellte fest, dass er an einer typischen Entzündung litt, die von der beständig schlechten Luft in den Quertunnels und von allgemeiner Unreinlichkeit herrührte. Der Chiwa-Bruder, ein einfacher Soldat, brachte einen Medizinkasten herbei. Brazhinsky wusch die Augen des Hauptmanns mit Borwasser aus und tropfte ein wenig Kokain und eine schwache Lösung von Zinksulfat hinein. Der Tessiner, dessen Augen nach wenigen Minuten aufklarten, weinte fast vor Dankbarkeit. Er tupfte sich mit dem Knöchel des Ringfingers am Augenrand, griff nach Brazhinskys Hand und drückte sie an sein Herz, wie die Italiener es tun; Brazhinsky, so schien es, war diese Geste peinlich, der Nyanja und ich hingegen waren gerührt.

Ein anderer Offizier, ein Leutnant, hatte sich durch die Aurotherapie langsam, aber stetig vergiftet. Er hatte sich jahrelang Goldsalz injiziert, dies wurde von seinem Körper nicht mehr ausreichend abgebaut, er konnte es nicht mehr ausscheiden, seine Haut und seine Augen hatten einen unwirklich erscheinenden Grünstich bekommen, ganz wie die von der Feuchtigkeit angegriffenen kupfernen Dächer der Kirchen in England und Deutschland. Der Leutnant trug eine taillierte hellgraue Uniform aus Lodenwolle, darüber eine gewachste grüne Jacke mit ansprechend kariertem Innenfutter. So sass er, phlegmatisch zurückgelehnt, in einem Sessel am Ende eines Ganges, die Beine gespreizt, Hausschuhe aus Walkfilz an den Füssen. Er war ganz offensichtlich homosexuell, Brazhinsky untersuchte ihn erst oberflächlich und dann mit akribischer Gründlichkeit, klopfte ihm mit einem kleinen Hämmerchen auf die Knie, um seine schwindenden Reflexe zu testen, und legte dem Leutnant sanft die Hand an die feuchte Stirne. Ausser ihm einige Morphiumampullen zu geben, konnte er nichts weiteres für ihn tun, der Offizier würde in ein paar Tagen an einer Überdosierung Gold sterben.

Wir verliessen die Untersuchungszimmer, Brazhinsky war niedergeschlagen und erschöpft, weil er nicht mehr für den Kranken tun konnte. Wollte er sich für etwas bestrafen, oder war dies seine wirkliche Natur; war er jener altruistische, am Organischen stets zweifelnde, die Krankheit und den Tod ablehnende Skeptiker? Ich wusste es nicht, ich konnte ihn nicht einschätzen. Manches Mal erschien er mir wie eine Maschine, wie eine sonderbare Apparatur, ein Schweizer Uhrwerk.

In Brazhinskys Schlafzimmer gab es ein kleines Fenster, durch das man auf die Bergwelt hinausschauen konnte, ferner hingen dutzende Aquarelle und Ölbilder kreuz und quer an der Wand, auf denen Berglandschaften in alptraumhaften Farben zu sehen waren. Als ich ihn einmal danach fragte, antwortete er, sie seien von Roerich, immer wieder Nicholas Roerich, der hier im Réduit ein Atelier unterhielt. Er, Brazhinsky, liebe diese Visionen des Malers, seine Interpretationen der unendlich erscheinenden Bergwelt seien ein Weg, die uns leider verschlossen gebliebenen Membranen zu durchstossen. Jener Roerich sei also hier? Ja, gewiss, ob ich ihn kennenlernen wolle. Er arbeite ganz in der Nähe, eine Stunde zu Fuss oder zehn Minuten mit der Lorenbahn.

Auf einem der den Felswänden vorgeschobenen Balkone aus Beton stand also der berühmte Maler vor einer Staffelei und arbeitete prüfend, die Augen dabei zu Schlitzen verengt, an einem grün-rosafarbenen Ölbild des Bergmassivs. Er trug einen Pelzmantel aus gelben Hundefellen und kaute beim Malen auf eingefärbten Zuckerstückchen, die er sich in greifbarer Nähe seiner Palette zu einer kleinen Pyramide aufgetürmt hatte.

„Roerich, dies ist einer unserer besten Offiziere", sagte Brazhinsky und drückte mich etwas nach vorne mit seiner Stimme.

„Sehen Sie nur, Kommissär, welche Farben wir sehen können." Roerich winkte mich heran, bis an die steinerne Balustrade, und ich sah hinab ins Tal und bis weit hinaus in die purpurne Ferne des verblassenden Horizontes. „Welche Farben wir haben, Kommissär, hier in der Schweiz! Hier, zum Beispiel, das Hellrosa der Firne, unter dem Grat da drüben, sehen Sie, meine Snegurotschka: Hellrosa! Dann Orange, Orange, Schwarz. Das in der Natur nicht vorkommt. Selbst Sie sind es nicht. Ihre Haut ist dunkelbraun. Es gibt nur Dunkelbraun. So. Hiernach werden wir zu den Hindustanis gehen, in Friedensmission, in geheimer, stimmt's, Brazhinsky?" Er schob sich ein Zuckerstück zwischen die Zähne und wischte mit eleganter Bewegung die Quaste des Pinsels schräg hoch und dann seitwärts über die Leinwand, eine Bergwand in tiefen, nachtblauen Schatten tauchend. „Ich schenke es Ihnen, Brazhinsky. Ich schenke Ihnen alles, was ich male."

„Haben Sie Feuer?", fragte Brazhinsky. Ich hielt ihm ein brennendes Streichholz an die Papierosy, und er nahm einen tiefen Zug. „Die Deutschen werden uns ausrotten, Sie und mich, Kommissär, und alles, wofür wir stehen. Sie wollen keine Juden und keine Schwarzen. Sie wollen auch keine verrückten Maler wie unseren Roerich hier."

„Brazhinsky! Zeigen Sie unserem Kommissär doch einmal die Doomsdaymaschine. Der Grund, warum wir siegen werden. Sie ist sehr schön gebaut, mein Lieber, sie wird die Raketen obsolet machen, es wohnt eine un-vorstell-bare Kraft in ihr."

„Später, später. Unser Freund Roerich ist Kunsthandwerker, wissen Sie, er hilft dabei, das Réduit zu entbergen. Das, was die Griechen Techne nennen, also das Hervorbringen, schafft nur das Kunsthandwerk. In ihr, in Roerichs Gemälden, geschieht auf diese Art und Weise Wahrheit; die griechische Aletheia, das koreanische Wu, das hindustanische Samadhi. Hierin verstehen wir das Hervorbringen von Nichtanwesendem ins Anwesende. Also das Experiment und die Erkenntnis, genauso wie die Bearbeitung von Natur, die Erzeugung von Produkten, das Aufstellen von Theorien, das Sammeln neuer Einfälle und Ideen. Wir hatten einen anderen Maler bei uns hier oben, Walter Spies ...“

„Spies ist ein Kind“, sagte Roerich verächtlich und biss von einem Stück farbigem Zucker ab. „Sprechen Sie nicht von ihm, Oberst, erzählen Sie unserem Freund nichts von diesem Naïf. Ein Schmierer, ein Homosexueller, der nur an den Schenkeln seiner Modelle Interesse findet.“

„Er ist schon vor Jahren zu den Hindustanis gegangen, die einzigen, die uns ihrer Natur nach gegen die Deutschen helfen werden. Der Erlöser wird aus Asien kommen. Das dachte Spies. Spies. Auch ein Russe, Roerich, nicht wahr? Aber was rede ich, gehen Sie wieder hinein, Kommissär, gehen Sie spazieren. Ich treffe Sie dann heute abend zum Essen, wenn Sie wollen.“

„Jawohl, Eidgenosse.“

„Und vergessen Sie doch bitte das Eidgenosse, unter uns, meine ich.“

Ich verliess den Balkon durch die Eisentüre und lief stundenlang durch die endlosen Gänge des Réduits, durch Kavernen und enge Räume, durch einzelne Zimmer, die wiederum mit anderen Zimmern verbunden waren, die ihrerseits erneut in turmhohen Hallen mündeten, und dachte an die sonderbaren Gespräche und konnte zu keinem rechten Ergebnis kommen im Kopfe, ausser, dass hier oben etwas zu Ende ging, dass eine füchterliche und allumfassende Dekadenz des Geistes betrieben wurde, die sich durch die Bergfestung selbst manifestierte. In dem Réduit, so schien es mir, hatte sich in den Jahrzehnten ihres Fortbestehens Anarchie eingestellt, da sie nicht zu erobern war.

Schweizer Soldaten dekorierten ihre Stuben mit Volants aus gerafftem Damast; Dutzende von Maschinenräumen standen entweder leer oder waren zu grossen Salons umfunktioniert worden, in denen Offiziere präparierte Tiere zur Schau stellten; man sah ausgestopfte Füchse, Schaukästen mit Hunderten von Insektenarten, erbeutete deutsche und englische Wimpel und Fahnen, beschmierte griechische Ikonen, altertümliche Waffen wie Hellebarden und Vorderlader, Volieren mit vor vielen Jahren darinnen verhungerten – und nun, durch einen mir unbekannten Prozess mumifizierten – afrikanischen Vögeln, mit dunkelgrüner Seide bezogene Stühle, Orden, Pfauenfedern, getrocknete Blumen, Folianten, einem Ledersattel, hölzerne, aus einem einzigen Baumstamm gehauene, grellbemalte Statuen und Idole; ganze Zimmer waren mit amexikanischen Tüchern, Decken und Capes verhängt; von den Decken hingen kristallene Kronleuchter und koreanische Lampions; andere Zimmer waren mit Tausenden von wächsernen Stimm-Schriften und ihren korrespondierenden Wiedergabeapparaten so vollgestellt, dass man nicht einmal deren Türen zu öffnen vermochte; andere Zimmer wiederum beherbergten zu Bergen aufgeschichtete, unzählbare Mengen von Kämmen und Brillengestellen aus Azetaten und Phenolharzen, wieder andere Zimmer bargen Gold in allen nur erdenklichen Formen und Variationen, Uhren, Musikinstrumente, Statuen von goldenen und von weissen Pferden. Nur Bücher gab es nicht, so weit ich auch während meiner tagelangen Streifzüge in die verschiedenen Kavernen und Räume des Réduits vordrang, nie sah ich ein Buch, nie auch nur einen einzigen geschriebenen Satz.

Die sonderbaren Felsenzeichnungen und Basrelief-Arbeiten, die mir während meiner Ankunft in den unteren Bereichen des Réduits aufgefallen waren, übten eine starke Anziehungskraft auf mich aus – hier oben waren sie immer noch an den Wänden zu finden. Ungefähr auf Augenhöhe verliefen sie durch fast alle Räume, Korridore und Hallen, gleichwohl schien die Ausarbeitung hier, im Gegensatz zu den weiter unten im Bergmassiv liegenden Kavernen, von einer gewissen Dekadenz der Darstellung betroffen zu sein. Ganz ähnlich dem Unterschied zwischen den rauhen, unfertigen Wänden der unteren Höhlen und den sauber verputzten Zimmern in den oberen Hallen zeugten die Basreliefs hier oben von einer Kunst, die ihren Scheitelpunkt überschritten hatte, ja sich definitiv in einem Stadium der Auflösung befand.

Die Geschichte der Schweiz, die durch die Fresken erzählt wurde, schien hier oben ins Stocken gekommen zu sein; die lineare Abfolge von Ereignissen, Schlachten, Aufmärschen, Paraden – denn es war naturgemäss eine Geschichte des Krieges – wurde nach und nach von einer sonderbaren Gleichzeitigkeit der Darstellung abgelöst; die Errichtung von Bauwerken, die vielfachen Eroberungen, der geplante Bau von Raketen, die Verlegung von Eisenbahnschienen, die mühsame und heldenhafte Arbeit der Bauern auf den Feldern, die zivilisatorischen Errungenschaften auf dem afrikanischen Kontinent etwa waren nur noch angedeutet, die Fresken waren von den anonymen Bildhauern nicht nur höchst stilisiert ausgearbeitet, sondern es zeigte sich eine regelrechte Abstrahierung. Je weiter ich Raum für Raum den Verlauf der Arbeiten abschritt, desto weniger realistisch wurde die Kunst, bis das viele tausend Meter lange Reliefband schliesslich in den Zimmern und Korridoren, die im Réduit zuoberst lagen, jeder Prätention einer naturgemässen Darstellung entbehrte, es waren nur noch Formen, Flächen, unzusammenhängende, amorphe Figuren. Hier oben, wo sich Brazhinsky und Roerich aufhielten, waren wir tatsächlich wieder bei den vertiginös-nausealen Kreisen in den

Chongoni-Höhlen meiner Kindheit angelangt, in der Fanga, bei Schneckengehäusen, Wirbeln, konzentrischen Kreisen.

An einem schönen Frühlingstag Ende März – es war der erste einer langen Folge von sonnigen, warmen und trockenen Tagen – traten Brazhinsky und ich auf einen der zu Dutzenden aus dem Berg herausragenden Balkone aus Stahlbeton und blickten schweigend nebeneinander stehend hinunter in die Ebene. Er hatte die Arme über der Brust verschränkt und war schweigsamer als sonst. Sein Bart und seine Haare waren gewachsen, beides verlieh ihm Würde und fast die Anmut eines afrikanischen Stammesältesten, obgleich er ein Weisser war. Ich sah ihn von der Seite an, diesen sonderbaren Mann, den ich hatte verhaften sollen.

Der Schnee an den Hängen war im Begriff zu schmelzen, während die Wiesen und Matten unten im Tal bereits von saftigem Grün überzogen waren. Wir hatten vor einer halben Stunde Psylocibine gegessen, die mir helfen sollten, die neue Sprache zu erlernen. Graue Luftschiffe waren an Stahlseilen um das Massiv des Schreckhorns befestigt, weit unten glaubte ich einige Soldaten zu sehen, die mittels Handkurbeln die relative Höhe der Luftschiffe zueinander veränderten. Die Soldaten waren kleiner noch als Ameisen.

Durch ein auf einem Stativ befestigtes, starkes Schweizer Teleskop beobachteten wir eine Weile das Treiben der Soldaten. Brazhinsky lenkte meine Aufmerksamkeit auf eine kleine Schlucht weit unten im Tal und sagte, er habe meine Ankunft von hier oben aus beobachtet – und dass ich das Gewehr abgelegt und eine Mahlzeit eingenommen habe –, mit ebenjenem kupfernem Fernrohr, durch welches ich jetzt hinabsehen würde. Der Himmel über uns war klar und blau. Es schien, dass die Wirkung der Psylocibine nun einsetzte, da ich Brazhinsky sprechen hörte, sich aber sein Mund nicht bewegte. Meine Antworten kamen ebenfalls nicht aus meinem Munde, sondern aus einem Innenraum, der aber leicht vor und über mir in der Luft zu hängen schien.

Brazhinsky sagte: „Ich habe mir selber den Satz mit dem Schweineblut über das Schaufenster geschrieben. Denn nur Sie konnten ihn lesen. Das geschriebene Wort hat Sie hierher zu mir geführt."

„Über Favre."

„Natürlich über Favre. Ich bin mit ihr verheiratet. Ein Jude, eine Frau und ein Schwarzer, das ist die Schweiz, das ist die neue Welt."

„Favre ist tot. Eine deutsche Flugbombe." Es klang teilnahmsloser, als es sollte. Ein Schatten huschte über Brazhinskys Gesicht, er legte sanft die Hände über die Augenlider.

„Haben Sie etwas gesehen? Als Sie bei Favre waren?", fragte er und sah hinab ins Tal. „Irgendetwas?"

„Lassen Sie mich überlegen. Ja. Doch."

„Was war es?"

„Ein Mwana, vielleicht sechs Jahre alt." Das Sprechen war sehr gegenständlich; die Emotionen, die die Worte begleiteten, waren farbig und aromatisch in ihrer Intensität. Ich bemerkte, dass ich die Worte, Sätze und Gedanken im Raum nach vorne schieben, ja in gewisser Weise projizieren, einfach in den physischen Raum hineinstellen konnte. Ich konnte es mir nicht erklären, aber es funktionierte.

„Sonderbarerweise war es … dunkel."

„Ein schwarzes Kind."

„Ja, so schwarz wie ich."

„Ein afrikanisches Kind."

„Ja, ich glaube."

„Welche Farbe hatten die Augen?"

„Ich weiss es nicht."

„Bitte versuchen Sie, sich zu erinnern."

„Braun, nehme ich an."

„Sie nehmen es an? Sie induzieren? Weil afrikanische Mwanas braune Augen haben?"

„Kann sein. Mag auch sein, dass sie ganz blau waren. Ich weiss es nicht mehr, Brazhinsky." Ich fühlte mich plötzlich schwach und elend; die neue Sprache zu benutzen war in höchstem Masse anstrengend.

„Bemühen Sie sich nicht“, sagte Brazhinsky, fuhr sich durch den Bart und sprach dann mit dem Munde weiter. „Psylocibine sind Pilze, wie Sie wissen“, sagte Brazhinsky, „sie kommen überall in der Natur vor. Sie gehören im Grunde zu den ältesten uns bekannten Lebewesen. Jedoch, Kommissär“, und er sah mir eindringlich in die Augen, „jedoch deren Sporen sind aus den Tiefen des Kosmos mit Hilfe von Asteroiden auf die Erde gebracht worden, diese schlummerten nach dem Einschlag Jahrmillionen, bis die Menschheit ebenjenen Punkt ihrer Evolutionsgeschichte erreicht hat, sprich klug genug geworden ist, deren Erbmasse durch Einnahme dieser Pilze in ihren Körper aufzunehmen. Unsere neue Sprache ist ebenso ein Virus.“

„Aha.“ Die Gedanken sackten mir nach hinten weg. Brazhinsky war tatsächlich wahnsinnig. Ich durfte mir diese Erkenntnis nicht anmerken lassen.

„Favre und ich wollten, dass Sie hierherkommen. Wir dürfen nichts unversucht lassen. Der Tod eines einzelnen ist nichts im Kosmos, weniger als nichts. Wir dürfen die Gelegenheit, einen wirklichen Frieden zu erreichen, nicht bei unserem grossen Chadhurangam verspielen.“

„So. Und wer hat dann die Appenzeller getötet?“

„Im Wald? Uriel natürlich, der Zwerg.“ Die Antwort kam etwas zu schnell. „Er war verrückt. Sie müssen freilich gedacht haben, ich sei es gewesen, Kommissär.“

„Er ist auch tot. Er hat mich aus einem Minenfeld gerettet."

Brazhinsky projizierte ein Lachen, es versetzte mir einen kleinen Stoss. „Die Menschen um Sie herum scheinen die sonderbare Angewohnheit zu haben, einfach zu explodieren."

„Es sind viele Erinnerungen. Ich fühle trotzdem keinen Schmerz." Plötzlich war mir klar, dass er von mir und Favre wusste.

„Ihre Erinnerungen sind nicht echt, nicht das, was wir als echt bezeichnen. Man hat Sie seit Ihrer Jugend einer Gehirnwäsche unterzogen."

„Wie meinen Sie das?"

„Nun, wir verfahren natürlich mit der Sprache wie mit der Vorstellung. Ein Beispiel: Die Drohung der Raketen reicht aus, nicht wahr?"

„Man muss die Raketen aber besitzen, um damit zu drohen."

„Nein, Kommissär." Brazhinsky lehnte sich mit dem Rücken an die Balustrade und fixierte mich durch seine stählerne Brille, als könne er in mein Herz hineinsehen.

„Es gibt also keine Wunderwaffen."

„Nein. Nichts funktioniert. Es ist alles nur Propaganda, es ist alles schon lange kaputt. Das Bombastische des Réduits ist ein magisches Ritual, ein leeres Ritual. Es war immer leer, es wird immer leer sein. Stellen Sie sich vor, wir sind Menschen, die in einem dunklen Zimmer auf und ab gehen und nichts sehen. Wir hören nur, was uns aus einem Loch an der Decke in das Zimmer hineingeflüstert wird. Und wir sehen noch nicht einmal das Loch."

„Religion."

„Ja, leider, mein Freund. Religion."

„Das ist konterrevolutionär."

„Ach hören Sie doch auf. Konterrevolution, Häresie, das sind alberne Kindereien. Erziehen Sie sich selbst. Sie sind ein Sklave, Kommissär, begreifen Sie das? Sie sind ein Sklave der Schweiz, geboren, gedrillt und gemacht. Sie und Ihr Volk sind Kanonenfutter, Roboter, mehr nicht. Ihre Kindheit ist eine Fälschung. Die Tarmanguin beherrschen die Gomanguin, so wird es immer sein."

„Die weissen Affen ohne Fell beherrschen die schwarzen Affen ohne Fell."

„Exakt so ist es."

Am Abend, noch vor Sonnenuntergang, suchte ich Brazhinsky in seinem Zimmer auf. Er sass mit nacktem Oberkörper auf der Bettkante im Halbdunkel und wartete auf mich. Sein Gesicht war bartlos, sein Schädel ebenfalls rasiert. Auf dem Schreibtisch lagen einige Tuschzeichnungen achtlos verstreut, sie waren von augenfällig minderer Qualität, als habe er sich keine Mühe mehr geben wollen. Daneben, von einer Zeichnung halbverdeckt, lag eine Sonde; sie war still und bewegte sich nicht.

„Sie wollen uns schon wieder verlassen, Kommissär?“, fragte er leise und strich erst das Bettlaken glatt und entzündete dann mit bedächtigen und sparsamen Bewegungen eine Kerze. Ich setzte mich zu ihm auf die Bettkante. Er fuhr sich mit der Hand über den kahlen Schädel. Ob er in diesem Moment Angst hatte, wusste ich nicht. Sein Schatten zuckte und tanzte hinter ihm an der Wand. Neben seiner Achselhöhle glaubte ich die Umrisse einer Steckdose zu sehen. Durch das offene Fenster, unendlich weit in der Ferne, jenseits der Berge, waren Explosionen zu hören; sie klangen wie ferner Donner.

„Unser Reichtum ist ungeheuer, da er in den Atomen wohnt.“

„Woher ... Woher kennen Sie das?“

„Favre hat mir gesagt, es käme von Ihnen.“

„Und?“

„Ich will die Maschine sehen, Brazhinsky, von der Roerich gesprochen hat.“

„Die Doomsdaymaschine? Sie ist nicht hier.“

„Ich denke doch, dass sie hier ist.“

„Nein. Roerich hat gelogen. Wenn einer aus dem Flachland kommt, dann versuchen alle, ihn zu beeindrukken – sehen Sie mal hier oder dort drüben, diese und jene Maschine, die das und das kann. Den Frieden erzwingen. Das sind alles schaurige Lügen.“

„Also existiert sie nicht.“

Brazhinsky schwieg und reichte mir ein Messer, das er unter seinem Kopfkissen verborgen gehalten hatte. Die Klinge war an der einen Seite mit einer scharfen Säge versehen, die Schneide selbst war ausserordentlich scharf. Mit der Spitze einer Ahle, die er ebenfalls aus der Dunkelheit seines Bettes zog, berührte er meinen Brustkorb – auf der linken Seite, dort, wo er mein Herz vermutete.

Ich drehte und wendete das Messer in meinen Händen. Brazhinsky bohrte mit der Ahle durch mein Uniformhemd, kaum berührte die Spitze meine Haut, war sie auch schon durchbrochen, Blut quoll erst tröpfchenweise hervor, dann färbte sich das Hemd vorne dunkel. Der Schmerz kam in Wellen und wusch mich.

„Was zögern Sie? Stechen Sie zu, Kommissär."

„Nein."

„Nun machen Sie es schon. Ich bohre sonst bis in Ihr Herz."

Ohne den Oberkörper zu bewegen, legte ich das Messer zurück auf das Bett. Er bohrte tiefer, ich drückte den Rücken durch.

„Da ist nichts, Oberst."

„Warum wehren Sie sich nicht?"

„Da ist kein Herz. Es ist auf der anderen Seite."

„Nein!"

„Doch."

„Das kann nicht wahr sein." Er zog die Spitze der

Ahle aus meiner Brust. Blut floss in einem steten Rinnsal hinab, aber nur die obere Hautschicht war verletzt. „Das gibt es nicht“, flüsterte er und legte die Hand an meine rechte Brust, an mein pochendes Herz. Der Donner der Explosionen draussen kam näher.

„Doch. Sie haben die Appenzeller getötet.“
„Gott“, sagte er leise.
„Ja. Mulungu.“

Brazhinsky griff die Ahle und führte schreiend, bevor ich es verhindern konnte, in einer einzigen, furchtbaren Bewegung zwei Stiche aus, in sein linkes und in sein rechtes Auge hinein. Die Augenmembran zerplatzte, und weisses Gelee lief aus. Er schrie so laut, dass ich zurückgeschleudert wurde und von der Bettkante seitwärts auf den Boden fiel. Blut spritzte aus seinen Augenhöhlen an die gegenüberliegende Wand.

„Ich ... kann ... Sie nicht mehr ... sehen“, röchelte er durch ein Blutbläschen. Dann muss sein Körper einfach kollabiert sein, er sich selbst abgestellt haben, ganz so, als habe man den Stecker aus einer Maschine gezogen, denn er wurde ohnmächtig, sank hin und lag regungslos seitwärts auf dem Bett. Die tropfende Ahle fiel ihm aus der Hand und rollte auf den Fussboden. Nach einer ganzen Weile der Stille, bei der ich nur meinen eigenen heftigen Atem hörte, erklang eine eiserne Zweiton-Sirene, deren markerschütterndes Geheul von dumpfen Explosionen begleitet wurde.

Ich hielt mir das sich langsam verfärbende Kopfkissen an die Brust, verliess das Zimmer, nahm mir eine Gasmaske aus einer der Vorrichtungen, wankte den Gang hinunter auf eine Ausgangstür zu und drückte sie auf. Den Balkon betretend, sah ich das erhabene Bild Dutzender deutscher Luftschiffe, die den Himmel über meinem Kopf füllten. Und während vor den runden, gläsernen Scheiben der Gasmaske die Sonne orangerot und wundervoll glühend hinter den Alpen versank und unsere Scheinwerfer wie weisse Nadeln den Abendhimmel durchstachen, begann erneut das infernalische, monströse Bombardement des Réduits.

XI.

Ich entkam der Bergfestung durch einen jener südlichen, verborgenen Ausgänge, die dem Tessin zugewandt waren; eine stählerne Brücke war dort zwar begonnen, aber nicht fertiggestellt worden, die stete Bombardierung hatte die Weiterarbeit daran unmöglich gemacht. An der Südflanke des Réduits waren fast keine Wehranlagen vorhanden, man erwartete dort keine Angriffe von Bodentruppen, so konnte ich unbemerkt ein paar Tage nach dem Bombardement in der Nähe jener halbfertigen Brücke das Massiv verlassen und talwärts absteigen.

Die Bombardierung war ausserordentlich unerbittlich gewesen, den Deutschen war es vor der Zerstörung ihrer Luftschiffe gelungen, schwere Schraubbomben abzuwerfen, die sich mit ihren rotierenden Spitzen in das Granit hineingedreht hatten, um dann innerhalb des Massivs selbst phosphorisierend zu explodieren. Hunderte von Soldaten waren so ums Leben gekommen, an einige Schraubbomben waren gar Benzilsäure-Kanister montiert worden, deren freigesetztes Gas unter den Bewohnern der Fanga starke Halluzinationen ausgelöst hatte. In den Hallen und in den Gängen versuchten die Menschen panisch, dem sich allerorten ausbreitenden Geruch von Mandeln zu entkommen. Die Anzahl der bereitgestellten Masken hatte bei weitem nicht ausgereicht, zwei Soldatinnen hatten vergebens versucht, mir meine zu entreissen, und als ich endlich, nach langer Lorenbahnfahrt, den Ausgang erreicht hatte, hängte ich meine Gasmaske mit schweizerischer Gründlichkeit und Umsicht in das dafür vorgesehene Kästchen.

Sonnenlicht überstrahlte die Landschaft, nirgendwo mehr war noch Schnee, man konnte südwärts bis weit in die Ebenen hinein sehen. Ich marschierte talwärts los, der Inhalt einer Kampferkeks-Dose, die ich aus dem Réduit mitgenommen hatte, diente mir als Proviant. Das kleine Loch in meiner Brust verheilte rasch. Unter meinen Stiefeln bröckelte lose das Geröll. Über der Uniform trug ich meinen Militärmantel, lediglich eine geladene Luger Parabellum hatte ich einstecken können während des Bombardements. Die erste Blume, die ich sah, einen gelben Löwenzahn, pflückte ich und steckte sie mir ans Revers der Uniformjacke.

Vor mir, am Ende eines grünen und schattigen Tales, ragten die Schlote mehrerer seltsamer Gebäude braun empor; ich lief darauf zu und sah, dass es stillgelegte Ziegeleien waren, die zu Schiffen umgebaut schienen. Mir war, als sei doch etwas von der halluzinogenen Benzilsäure durch die Gasmaske in die Atemwege gesickert: Die buntbemalten Fabrikschlote dienten als Dampfschornsteine, man hatte eine Reling um die Mauern befestigt und an den Vorderseiten der Gebäude jeweils einen grossen Anker gehängt, der, aus der Nähe besehen, aus massivem Holz gezimmert war. Bug und Heck dieser Dampfer, deren Schornsteinspitzen dreissig bis vierzig Meter hoch aus den Wiesen ragten, waren aus vermörtelten Ziegeln gearbeitet und ebenfalls bemalt.

Zögernd berührte ich die Seiten eines dieser Schiffe und lief um es herum, die Pforten und Fenster der Fabrik waren zugemauert worden, es schien tatsächlich so, als seien diese sonderbaren Gebilde überhaupt nicht betretbar, es gab keine Ein- oder Ausgänge, diese Schiffsimitationen waren weitab von jeglichen schiffbaren Wassern errichtet worden, es waren Tempel, Kultstätten, grosse Fetische ohne Sinn und Zweck. Ich setzte mich ins Gras daneben und zog meine Stiefel aus, ich hätte im Réduit um neue Socken bitten sollen, meine alten hingen mir in traurigen Fetzen von den Zehen.

„Hal-lo", rief jemand hoch über mir, während ich meine Zehen von den wollenen Sockenresten befreite. „Hal-lo, wer ... ist ... da?"

„Hallo!" Ich stand auf und lief über das hohe Gras etwas nach vorne, oben stand eine blonde Frau auf dem Deck des Schiffes. Als sie mich sah, winkte sie lächelnd herab. Der Saum ihres blauen gepunkteten Sommerkleides flatterte im Wind.

„Was machen Sie da oben? Wie sind Sie dort hingekommen?"

„Ganze Kontinente ..."

„Wie bitte?"

„Die Haare ... Wir beide ..."

„Ich-kann-Sie-nicht-hören!"

„Versuchen Sie ... Die Vögel ..."

Sie gab mir durch Handzeichen zu verstehen, ich solle auf die andere, windabgewandte Seite des Schiffes kommen. Ich lief barfuss um das Heck herum, über das Gras wie auf Wasser. Dort stand sie an der Reling, dreissig Meter über mir, ich versuchte es mit der Neuen Sprache, es funktionierte nicht, ich schickte einen Satz nach dem anderen hoch zu ihr, sie verstand mich nicht, Brazhinskys Sprache konnte nur projizieren, nicht empfangen, ich verstand sie nicht.

„Kommen ...“
„Haben Sie ein Seil?“
„... Lider... Aben... Stole...“

Es machte keinen Sinn, ich zog meine Stiefel wieder an, winkte ihr zum Abschied und marschierte weiter nach Süden, noch lange sah ich sie im Licht des schwindenden Nachmittags an der Reling stehen.

Auf einem bewaldeten Hügel sah ich, nachdem ich mich in der rosafarbenen Dämmerung zum Schlafen hingelegt hatte, den Tanz der Skelette. Eine leise Melodie wehte durch den Hain und begleitete das Klappern der Gebeine. Es war die Musik einer Gruppe schwarzer Amexikaner, ich konnte weder die Worte noch die Melodie ausmachen.

Morgens badete ich in Bächen, abends ruhte ich in Hainen oder unter Bäumen. Ich machte einen grossen Bogen um Bauernhäuser, Siedlungen und kleine Dörfer. Als die Kampferkekse aufgegessen waren, ass ich Pilze, Löwenzahn und andere Gräser, einmal schoss ich mit der Pistole auf einen stattlichen Hasen, verfehlte ihn aber. Die Echos des Knalls rollten wie Klanglawinen von den Bergen wieder herab zu mir ins Tal.

Je weiter ich nach Süden kam, je weiter das schreckliche Réduit wie ein gigantisches, steinernes Menetekel hinter mir lag, desto wärmer und lieblicher wurde das Land. Der Krieg, er war nun weit entfernt. Der überblaue Himmel, die nun überall aufblühenden, prächtigen Frühlingsblumen und das behagliche Summen der ersten Insekten, die sich, noch müde vom langen Winter, auf Steinen am Wegesrand mit der Kraft der Sonne vollsogen, erfüllten mein Blut mit einer starken Energie, die ich lange nicht gespürt hatte; es war der nahende Sommer, das Weichen der Kälte, das Schmelzen der Gletscher, die Offenbarung einer neuen Zeit, die zwar noch langsam und kriechend, dafür aber unaufhaltsam in die Welt drängte.

An den Tessiner Seen angekommen, die den Weg hinunter in die oberitalienischen Ebenen wiesen, sah ich die ersten Palmen stehen; ein paar Stunden später fand ich kleine Stauden am Wegesrand, an denen verkümmerte, winzige grüne Bananen hingen, deren Form mir gleichwohl derart vertraut war, dass sie mir wie Stempel erschienen, die meiner Seele vor Urzeit aufgedruckt worden waren.

Ich warf meinen schweren Soldatenmantel und Brazhinskys kranke Lektionen weg, und ich benutzte die Rauchsprache nicht mehr, nicht einmal, als mir eines Morgens ein Rudel wilder Wolfshunde zähnefletschend den Weg versperrte. Es war die Sprache der Weissen, ein Idiom des Krieges, und ich brauchte sie nicht. Ich hob einen Stein auf, zielte auf die Nase des grössten Hundes und traf genau; sie verzogen sich Richtung See, kläffend und jaulend.

In einem kleinen Dorf ass ich in einer Beiz etwas Ziegenfett und einen Teller Nsima, und der Wirt, ein schlanker, hochgewachsener Nyamwezi, bot mir an, ich möge unter seinem Dach wohnen. Er scheuchte einen halbschwachsinnigen Italiener hinaus, der es sich auf einer Holzbank in der Nähe des Herdes gemütlich gemacht und sich mit Schnitzereien die Zeit vertrieben hatte. Der Wirt fegte die Stube und tünchte die Wände mit frischer weisser Farbe, und als ich mich ein paar Stunden ausgeruht hatte, nahm er mich am Nachmittag mit in seinen Keller hinunter und zeigte mir lachend die dreissig Fässer Mbege, die nächste Woche nordwärts über die Berge ins Kernland gebracht würden.

„Deine Augen, sie haben eine sonderbare Farbe", stellte der Wirt fest, während er zwei Krüge mit dem Gebräu füllte. Der Keller war kühl und schattig, wir sprachen Mundart miteinander.

„Ja, das ist neu. Etwas geschieht." Wir tranken jeder einen Schluck.

„Siehst du anders aus ihnen?"

„Nein. Ich sehe dich genauso, wie du mich siehst."

„Komm mal mit ans Sonnenlicht, ich will mir das anschauen", sagte er. „Ich habe mich vorhin nicht getraut, du ein Schweizer Offizier und alles. Zeig mal."

Wir setzten uns draussen vor dem Wirtshaus auf die hölzerne Bank, und er untersuchte meine Augen im Licht des hinter den Bergen versinkenden Tages. Ich liess es geschehen, sein Staunen war fast kindlich; ich spürte ein angenehmes elektrisches Kribbeln auf der Haut.

„Sie sind blau."

„Wie du siehst."

„Und früher waren sie braun."

„Als ich ein Mwana war."

„Merkwürdig."

Er kramte zwei zerbröselnde Papierosy aus seiner Joppe und trank einen Schluck Mbege. „Fodya? Ihr sagt Fodya dazu im Nyasaland, nicht wahr?"

„Ja. Tabak heisst bei uns Fodya."

Wir sahen rauchend auf den See hinunter, zu den Schwänen, die sich mit einem wilden Hund zankten; ihre krächzenden, heiseren Warnrufe erfüllten die warme Abendluft. Ich war wieder ein Chiwa. Weit entfernt am Horizont, über den Ebenen des Südens, flog langsam ein Luftschiff vorbei, es schien sich kaum zu bewegen.

„Du hast es gut hier."

„Das kann man wohl sagen. Die letzten Granaten, das ist schon ein paar Jahre her. Unsere schönen Seen interessieren keinen. Ab und an schiesst jemand einen Hasen, mehr Blut fliesst nicht. Den Deutschen ist es hier unten bei uns im Tessin zu langweilig", lächelte er. „Und die Italiener, sie haben sich arrangiert, wie es ihre Art ist. Sieh mal. Da kommt meine Frau."

Ein hübsches junges Mädchen kam die Dorfstrasse zur Beiz hinaufgelaufen, sie trug ein offenes Hemd, ihre Haare waren unter einem bunten Tuch verborgen, sie trug einen Wäschekorb vor sich her und pfiff eine fröhliche Melodie; sie stammte wohl aus Somaliland.

„Du warst auf einer Akademie in der Heimat", sagte der Wirt.

„In Blantyre."

„Setz dich zu uns, Nadifa."

„Grüezi", nickte sie und lächelte, ohne auch nur den geringsten Anflug von Schüchternheit.

„Nadifa und ich haben uns am Hafen von Genua kennengelernt, ich war einfacher Soldat, sie eine Merkerin der Versorgungsabteilung. Du hättest uns sehen sollen, wir haben uns jeden Tag geliebt, dreimal, viermal."

„Wie die Frösche. Du hast ja blaue Augen", sagte Nadifa und angelte sich eine Papierosy aus der Tasche ihres Mannes. „Wo wirst du übernachten? Bei uns, Bruder."

„Ich habe ihn schon eingeladen. Darf ich fragen, wohin du gehen wirst?"

„Ich weiss es nicht. Zum Hafen von Genua. Warum nicht?"

Am Abend kochten wir zusammen in der Wirtsstube ein Fondue aus Bananen und Fisch aus dem nahen See, erzählten Witze und tranken jeder zehn Krüge Mbege. Der Wirt sang ein Lied, und Nadifa begleitete ihn dazu auf einer Holzkiste, die ihr als Trommel diente. Später brachte sie ein Chadhurangam-Spielbrett, aber ich war viel zu betrunken, um mich zu konzentrieren, und als sie gewann, jauchzte sie vor Freude. Seit Jahren war es nicht mehr so. Es fühlte sich an wie Frieden.

XII.

Welches Jahr schrieben wir? Die Zeit hatte aufgehört zu sein, die Schweizer Zeit. Ich mass weder die Donnerstage noch den sechzehnten des Monats, noch den Weg der Sonne über das Firmament. Stunde folgte auf Stunde und Tag auf Tag. Ich stieg hinab in das oberitalienische Flachland, dessen Verwaltung man uns grossherzig anvertraut hatte, ich durchmass die Sümpfe und die Zuckerrübenfelder der Poebene, meine Füsse berührten kaum den Boden dabei. Ich tauschte bei einem Reisbauern die Stiefel gegen einfache Schuhe aus Bast, ich verteilte nachts Blitze aus meinen Zähnen. Ich wohnte in den Baumkronen und schob den Frühlingsregen vor mir her, ich sprach lange mit meinen Brüdern und auch mit dem alten Heiler, ich legte mit Schilfhalmen meinen Namen in endlosen Bändern auf die staubige Strasse, ich schrieb Wörter, Sätze, ganze Bücher in die Landschaft hinein – die Geschichte der Honigameisen, die Enzyklopädie der Füchse, das Geblüt der Welt, die unterirdischen Ströme, das tief vibrierende, geräuschlose Summen der unbekannten Vergangenheit und der darin auftauchenden Zukunft. Ich notierte nicht mit Tusche, sondern mit Schrift, mit den Morphemen der Erde.

Und die Sonden? Eine schlug ich in der Nähe von Varese aus der Luft, nachmittags, mit dem zurückschnappenden, sirrenden Ast einer Pappel. Sie britzelte ein paar Sekunden, als könne sie nicht verstehen, was mit ihr geschehen war, dann fiel sie zu Boden, ein lebloser Stein. Ich hob sie auf, sie lag in der Hand wie ein eiserner Apfel, ich warf sie weg. Danach stellte sich eine gewisse Nervosität ein, eine Veränderung in der Molekularstruktur der Umgebung, ein Zittern in den Büschen am Wegesrand. Ein Gewitter zog herauf, tauchte rasch den Nachmittag in Schiefergrau und zuckendes, elektrisches Orange und verschwand wieder am Horizont. Es schien, als sei die Welt ungläubig, als horche, als forsche sie noch. Vögel flogen unruhig auf, und einige Werst später sah ich ein weisses Pferd neben der Strasse in einem Reisfeld stehen und die Zähne blecken.

Ich sah erst die Masken meiner Ahnen, dann sah ich, was sie sahen; ich sah ein gigantisches Feuermeer über

England, es waren die Luftschiffe der Hindustanis. Ich sah Brazhinsky, der sich blind und schreiend mit den Fingerspitzen die Reliefarbeiten entlang durch leere Gänge tastete, die Geschichte der Schweiz rückwärts abschreitend; ich sah den Maler Roerich, nachdem ein deutscher Kanister mit halluzinogenem Gas seinen Balkon getroffen hatte, mitsamt Staffelei in die Tiefe stürzen, umringt von einem Schwarm fallender farbiger Zuckerstücke. Ich sah den alten Heiler mit zittrigen Händen Mchere an einen Mtengo streichen, Salzlake an einen Baum. Ich sah die Hand eines der deutschen Partisanen, die ich auf dem Feld erschossen hatte, sich im Schnee bewegen; es war jener Mann mit den Tätowierungen im Gesicht, seine Hand öffnete und schloss sich, als taste sie nach etwas, wie ein Tarmanguin, der nach dem Halt eines Astes sucht und, nichts findend, ins Leere greift.

In Genua, an dessen untergehende, dekadente Pracht ich keinen Blick verschwendete, fand ich am Hafen ein Schiff, das mich nach Afrika bringen würde. Der maltesische Kapitän stand in einer weissen Uniform auf der Kommandobrücke, die Daumen in den Gürtel gehakt, er sang eine Arie, und die Enden seines gewachsten Schnauzbartes zitterten dabei vor Rührung. Der Frachter war alt und rostig, der Schiffsrumpf mit Muscheln und Seepocken überzogen, junge Burschen trugen pfeifend Säcke und Kisten an Bord, einige Italiener standen am Quai und warfen gelangweilt Münzen in das Hafenbecken; kreischende, nackte, dunkle Mwanas tauchten danach, durchbrachen die glitzernde Wasseroberfläche, schwammen mit kräftigen Zügen wieder nach oben und reckten die am schlammigen Grund gefundenen Geldstücke zum Himmel empor.

Meine Augen, sie waren nun vollständig blau geworden, nein, ultramarin; sowohl die Iris und die Pupille als auch die Netzhaut. Der Kapitän erschrak, als er mich sah, und die afrikanische Mannschaft ging mir aus dem Weg. Ich setzte mich irgendwohin und wurde nicht weiter behelligt, man tat so, als sei ich unsichtbar. Als wir aus dem Hafen ausliefen, tönte blechern und wehmütig ein altes irisches Volkslied aus einer Stimm-Schrift-Maschine. Der Übergang von Dziko zu Madzi, von Land zu Wasser. Ich warf meine Bastschuhe über Bord. Des Nachts schlief ich an Deck, die Sterne über mir. Tagsüber der Geruch der Taue und der Planen, das Summen und Rattern des alten Schiffsmotors, die Regenbogenfarben des auslaufenden Maschinenöls am Heck, das stumme Dahingleiten der Fische unter dem Rumpf, die verhallenden Rufe der Seeleute und der Möwen.

Der Frachter trug mich über das Mittelmeer hin und durch den Kanal, der nun uns Afrikanern gehören würde, zur Liebe hin, zu einer blonden Frau, deren Haar mir erst furchterregend gelb erschienen war und dann golden. Ab und zu stand sie an der Reling in einem blauen gepunkteten Sommerkleid, barfuss, ihre flackernden, schemenhaften Umrisse waren deutlich zu erkennen. Ich trug das weisse Hemd am Halse offen, die weisse Hose meines Vaters. Unter einem brennend blauen Himmel näherten wir uns endlich der von Skorpionen befallenen Küste Somalilands. Ein Delphinschwarm begleitete unser Schiff. Vögel waren dort, Bambo, Vögel, das Blut der Chiwa sang in unseren Adern. Ndafika. Ndakondwa. Und die blauen Augen unserer Revolution brannten mit der notwendigen Grausamkeit.

XIII.

Ganze Städte wurden indes über Nacht verlassen, und ihre afrikanischen Einwohner kehrten, einer stillen Völkerwanderung gleich, zurück in die Dörfer. Der Schweizer Architekt, der sie so sorgfältig am Reissbrett geplant und hatte erbauen lassen, reiste mit dem Luftschiff in die leeren urbanen Zentren Ostafrikas und konnte, einmal angekommen, nicht einen einzigen Menschen daran hindern, seine betongewordenen Visionen, die er zum Wohle der Bevölkerung hell, geordnet, modern und elegant entworfen hatte, zu verlassen. Die eilig aufgebrachten Soldaten, die der Architekt an den Rändern der Städte Sperrposten beziehen liess, legten die Gewehre nieder und reihten sich in die Menschenströme ein, die ohne Unterlass von morgens bis abends und tief in die Nacht hinein alle Städte hinter sich liessen und einfach verschwanden, in die Savanne, in die Ebenen zurück. Der Architekt, ein Welschschweizer mit Namen Jeanneret, stand machtlos und stumm im leeren Administrationsgebäude; zu seinen Füssen lagen getuschte Erlasse, Anordnungen, Zeichnungen, Stimm-Schriften, Baupläne für weitere Militärakademien und hastige Skizzen für neue Kinderkrankenhäuser, er wähnte sich ob soviel Undankbarkeit den Tränen nahe. Wenig später erlosch die Elektrizität, die Maschinen verstummten, die Schiffe fuhren die Häfen nicht mehr an, die Eisenbahnzüge verharrten bewegungs- und führerlos auf den Gleisen, Müll und Abfälle wurden nicht mehr eingesammelt, die Schulen blieben leer, und bereits nach kürzester Zeit wuchsen schon die ersten Schlingpflanzen die Mauern der Gebäude empor, und der Architekt, nachdem er eine ganze Nacht alleine durch seine dunkle und menschenleere Schweizer Stadt gelaufen war, warf frühmorgens das Ende eines Seiles über eine von ihm selbst entworfene, stählerne Strassenlaterne und erhängte sich, bevor die afrikanische Sonne zu heiss wurde. Seine schwarze runde Brille, die ihn immer begleitet hatte und zu seinem Markenzeichen geworden war, fiel ihm von der Nase und landete im gelben Staub, der schon nach wenigen Tagen, in denen es niemand mehr kümmerte, erneut die sonst sauber gefegten Strassen und Alleen mit einer feinen kristallinen Struktur bedeckte. Er hing ein paar Tage, dann assen Hyänen seine Füsse.

Alex Capus im dtv

»Alex Capus ist ein wunderbarer Erzähler, für den alles eine Geschichte hat, für den die Welt lesbar ist.«
Süddeutsche Zeitung

Eigermönchundjungfrau
ISBN 978-3-423-**13227**-5
»Erzählungen, in denen die Schweizer Kleinstadt Olten zum Schauplatz einer brillant erzählten Comédie humaine wird. Große Literatur in der Tradition Tschechows.« (Daniel Kehlmann)

Munzinger Pascha
Roman
ISBN 978-3-423-**13076**-9
Die wahre Geschichte von Werner Munzinger, der 1852 auszieht, um die Sklaverei in Afrika abzuschaffen.

Mein Studium ferner Welten
ISBN 978-3-423-**13065**-3
Über die »Verheißungen des Lebens und die Hindernisse des Glücks« (FAZ) in einer ganz normalen Kleinstadt.

Fast ein bißchen Frühling
Roman
ISBN 978-3-423-**13167**-4
Die Geschichte zweier Bankräuber, die 1933 aus Wuppertal nach Indien fliehen wollten, der Liebe wegen aber nur bis Basel kamen.

Glaubst du, daß es Liebe war?
Roman
ISBN 978-3-423-**13295**-4
Die komische Geschichte eines geläuterten Sünders und Kleinstadt-Casanovas, der vor seinen Gläubigern nach Mexiko flieht.

13 wahre Geschichten
ISBN 978-3-423-**13470**-5
Von skurrilen Helden und abenteuerlichen Wechselfällen eidgenössischer Geschichte.

Léon und Louise
Roman
ISBN 978-3-423-**14128**-4 und
ISBN 978-3-423-**25363**-5
dtv großdruck
Zwei junge Menschen verlieben sich, aber der 1. Weltkrieg bringt sie auseinander – bis sie sich 1928 zufällig in der Pariser Métro wiederbegegnen.

Der Fälscher, die Spionin und der Bombenbauer
Roman
ISBN 978-3-423-**14374**-5
Drei Helden wider Willen, die sich nur einmal 1924 in Zürich begegnet sind, doch deren Wege auf eigentümliche Weise miteinander verbunden bleiben.

Arno Geiger im dtv

»Arno Geiger schreibt große Literatur, mit jonglierender und doch so bodennaher Kunst wie man sie kaum findet im neuen Österreich oder sonst wo.«
Franz Haas in ›Der Standard‹

Schöne Freunde
Roman
ISBN 978-3-423-13504-7
Die phantasiereiche Geschichte eines Kindes, das auszieht, erwachsen zu werden. Ein Roman, der die Untiefen der menschlichen Seele berührt und doch durch und durch komisch ist.

Kleine Schule des Karussellfahrens
Roman
ISBN 978-3-423-13505-4
Ein moderner Schelmenroman von einem, der nichts vom Leben erwartet und doch alles will.

Es geht uns gut
Roman
ISBN 978-3-423-13562-7
Philipp hat das Haus seiner Großmutter geerbt, und die Familiengeschichte, von der er definitiv nichts wissen will, sitzt ihm nun im Nacken.

Irrlichterloh
Roman
ISBN 978-3-423-13697-6
Fünf Menschen auf der Suche nach der Liebe und sich selbst – ein abgedrehter Liebesroman voll Witz und lodernder Phantasie.

Anna nicht vergessen
ISBN 978-3-423-13785-0
Über Liebesdesaster und Lebensträume, über Menschen, die nicht vergessen werden wollen: Arno Geigers brillante Erzählungen.

Alles über Sally
Roman
ISBN 978-3-423-14018-8
Alfred und Sally sind schon lange verheiratet. Das Leben geht seinen Gang, allzu ruhig, findet Sally. In einem Anfall von Lebenshunger beginnt sie ein Verhältnis mit Alfreds bestem Freund …

Der alte König in seinem Exil
ISBN 978-3-423-14154-3
ISBN 978-3-423-25350-5
(dtv großdruck)
»Ein Buch der Suche nach einer verlorenen Welt, einer verlorenen Heimat, einem verloren geglaubten Charakter und einer wiedergefundenen Beziehung.« (Welt am Sonntag)

Norbert Gstrein im dtv

»Einer der allerersten Erzähler nicht nur der deutschen, sondern der europäischen Literatur.«
Richard Kämmerlings in der ›FAZ‹

Die englischen Jahre
Roman
ISBN 978-3-423-**13714**-0
Die Arandora Star wird 1940 torpediert und versenkt. An Bord auch ein Gefangener, dessen Identität unklar ist. Die Aufklärung des Geheimnisses dahinter bringt das Emigrantenschicksal eines österreichischen Juden während des Zweiten Weltkriegs zutage.

Das Handwerk des Tötens
Roman
ISBN 978-3-423-**13849**-9
Die Geschichte des Journalisten Christian Allmayer, der als Kriegsberichterstatter im Kosovo bei einem Hinterhalt ums Leben kam.

Die Winter im Süden
Roman
ISBN 978-3-423-**13921**-2
Ein Vater und seine Tochter. Er hat sie nach dem Krieg als Kind in Wien verlassen und ist nach Argentinien gegangen. Fast ein halbes Jahrhundert später kommen beide in ihre jugoslawische Heimat zurück und finden dort ihre Vergangenheit wieder – und die eines ganzen Landes.

In der Luft
Drei lange Erzählungen
ISBN 978-3-423-**13956**-4
Norbert Gstrein beleuchtet das Leben von drei Einzelgängern, die gegen die Wirklichkeit anrennen oder sich auf ihre Weise, und sei es buchstäblich in der Luft, ihre eigene Wirklichkeit schaffen.

Die ganze Wahrheit
Roman
ISBN 978-3-423-**14132**-1
»Eine Satire auf den Literaturbetrieb, ein echter Gstrein.« (Richard Kämmerlings in der ›FAZ‹)

Eine Ahnung vom Anfang
Roman
ISBN 978-3-423-**14404**-9
Auf dem Bahnhof einer Provinzstadt wird eine Bombe gefunden. Ein Lehrer glaubt auf einem Fahndungsfoto seinen Lieblingsschüler zu erkennen, der sich in religiöse Phantastereien verrannt hat.

Thomas Glavinic im dtv

»Erzähler erzählen Geschichten, Erzähler von Rang wie Thomas Glavinic erschaffen Welten, in denen wir uns verlieren.«
Ulrich Weinzierl in der ›Welt‹

Carl Haffners Liebe zum Unentschieden
Roman

ISBN 978-3-423-**13425**-5

Thomas Glavinics hochgelobtes Debüt des 1910 ausgetragenen Schachweltmeisterkampfs zwischen Carl Haffner und dem Philosophen Emanuel Lasker – ein psychologischer Schlagabtausch auf Leben und Tod.

Der Kameramörder
Roman

ISBN 978-3-423-**13546**-7

Das erschütternde Protokoll eines für die Medien arrangierten Doppelmordes und ein ebenso verstörender wie atemberaubender Kriminalroman über die gefährliche Macht des Fernsehens und die Abscheulichkeit von Reality-TV.

Die Arbeit der Nacht
Roman

ISBN 978-3-423-**13694**-5

Wie lebt man in einer menschenleeren Welt? Thomas Glavinic hat einen Albtraum in die literarische Realität geholt. Ein gewagter und suggestiver Roman. »Eine packende, verstörende und immer wieder beängstigende Reise in die Abgründe der eigenen Existenz.« (Irmgard Schmidmaier in der ›Frankfurter Neuen Presse‹)

Das bin doch ich
Roman

ISBN 978-3-423-**13845**-1

Ein Mann schreibt einen Roman. Der Mann heißt Thomas Glavinic. Er will, was alle wollen: Erfolg. Ein gnadenlos komischer Roman über einen Schriftsteller.

Wie man leben soll
Roman

ISBN 978-3-423-**13903**-8

»Eine wunderbare Anleitung zum Überleben für alle Zeitgenossen, die gern ungestraft dick wären, am liebsten von Erbtanten leben würden und partout nicht kapieren wollen, warum zur Vollständigkeit des Daseins eine schöne Frau unbedingt dazu gehört.« (Nürnberger Nachrichten)

Thomas Glavinic im dtv

»Ein Schriftsteller muss das Große Geheimnis kennen, und er muss die Dinge erkennen, wie sie sind.«
Thomas Glavinic in der Literaturzeitschrift AKZENTE

Das Leben der Wünsche
Roman

ISBN 978-3-423-**13983**-0

Stellen Sie sich vor, Ihre geheimsten Wünsche würden wahr. So ergeht es Jonas, dem ein Unbekannter eines Tages das Angebot macht: »Ich erfülle Ihnen drei Wünsche.«

Lisa
Roman

ISBN 978-3-423-**14251**-9

Lisa, eine Schwerkriminelle, begeht auf der ganzen Welt rätselhafte Verbrechen. Die Zeichen mehren sich, dass ein Mann ihr nächstes Opfer wird: Sie ist bereits in seine Wohnung eingebrochen, bleibt jedoch unsichtbar … Verschanzt in einem verlassenen Landhaus, mit reichlich Whiskey und Koks, spricht der Mann jeden Abend per Internet-Radio zu einem virtuellen Publikum.

Unterwegs im Namen des Herrn

ISBN 978-3-423-**14280**-9

»Wenn man je auf Pilgerreise gehen sollte, dann nur mit diesem Glavinic. Diesem Teufelskerl.« (SPIEGEL online)

Das größere Wunder
Roman

ISBN 978-3-423-**14389**-9

Jonas ist Tourist in der Todeszone, er nimmt an einer Expedition zum Gipfel des Mount Everest teil. Während der einzelnen Etappen des Aufstiegs lässt er sein Leben an sich vorüberziehen.

Reinhard Jirgl im dtv

»Jirgl ist ein grandioser ästhetischer Artist.«
Ulf Heise in der ›Märkischen Allgemeinen‹

Abschied von den Feinden
Roman
ISBN 978-3-423-**12584**-0
Ein Roman um Liebe und Verrat, eine deutsche Geschichte zwischen Nachkrieg und Anfang der 90er Jahre.

Hundsnächte
Roman
ISBN 978-3-423-**12931**-2
Deutschland in den 90er Jahren, ein für den Abriss freigegebenes Dorf im Niemandsland des ehemaligen Todesstreifens. Doch in den Ruinen haust noch ein letzter Mensch, der sich schreibend dem Vergessen und der Zeit widersetzt.

Die atlantische Mauer
Roman
ISBN 978-3-423-**12993**-0
Eine Frau aus Berlin fasst den Entschluss, jegliche Bindung ans Altvertraute zu kappen und ein neues Leben in New York zu beginnen.

Genealogie des Tötens
Trilogie
ISBN 978-3-423-**13070**-7
»Die radikalste Abrechnung mit der DDR, die es je gab.« (Die Zeit)

Die Unvollendeten
Roman
ISBN 978-3-423-**13531**-3
Die Geschichte einer sudetendeutschen Familie von der Vertreibung 1945 bis in die Gegenwart des Jahres 2002 in Berlin.

Abtrünnig
Roman aus der nervösen Zeit
ISBN 978-3-423-**13639**-6
Berlin als Fluchtpunkt der Existenz zweier Männer.

Die Stille
Roman
ISBN 978-3-423-**13997**-7
Am Anfang steht ein Fotoalbum: 100 Fotografien erzählen von Flucht und Vertreibung, von Liebe und Verrat.

Mutter Vater Roman
ISBN 978-3-423-**14136**-9
Die Geschichten von Margarete und Walter während der letzten Kriegsjahre, der Nachkriegszeit und der Aufbaujahre der DDR.

Nichts von euch auf Erden
Roman
ISBN 978-3-423-**14368**-4
Eine Expedition in die Zukunft: die Erde im 23. Jahrhundert.

Christopher Kloeble im dtv

»Keine Frage, Christopher Kloeble schreibt unterhaltsam: lockerer bis frecher Ton, drastisch-surreale Szenerien, die im Gedächtnis bleiben.«
Karin Klis in ›Neues Deutschland‹

Unter Einzelgängern

Roman

ISBN 978-3-423-14278-6

Erich, der Vater, beginnt zu joggen, Katrin, die Tochter, beginnt zu lieben und Simon beginnt zu schreiben – nach dem tödlichen Unfall der Mutter. Ihr Tod stellt allen Fragen die Frage neu: Was ist heute eine Familie, wer gehört eigentlich dazu? Ein brillanter, ungewöhnlicher Familienroman.

Wenn es klopft

Erzählungen · dtv premium

ISBN 978-3-423-24720-7

Was geschieht, wenn es klopft? Kloeble erzählt von jungen Erwachsenen, deren Leben sich plötzlich verändert. Ein Schrei ertönt, die Mutter bringt ein Geschenk vorbei, das Fahrrad schlingert, das Telefon klingelt – und plötzlich ist alles wieder möglich oder eine Liebe gescheitert …

Meistens alles sehr schnell

Roman

ISBN 978-3-423-14381-3

Albert ist neunzehn, wuchs im Heim auf und kennt seine Mutter nicht. Sein Leben lang musste Albert ein Vater für seinen Vater Fred sein: Fred ist ein Kind im Rentenalter. Als sich herausstellt, dass Fred nur noch fünf Monate zu leben hat, machen sie sich auf die Suche nach Alberts Mutter. Ihre Reise wird zu einer Odyssee, die immer tiefer in die Vergangenheit führt.

Rolf Lappert im dtv

»Lappert hat das Zeug zum Kultautor.«
Wiener Zeitung

Die Gesänge der Verlierer
Roman

ISBN 978-3-423-**13813**-0

Tyler ist Manager einer Londoner Rockband, die kurz vor dem Durchbruch steht. Als der exzentrische Sänger der Band nach Los Angeles verschwindet, macht Tyler sich auf die Suche. Ein Roman von gescheiterten Aufbrüchen und der beharrlichen Überlebenskraft einiger Helden, die keine sind.

Nach Hause schwimmen
Roman

ISBN 978-3-423-**13830**-7

Wilbur ist einen Meter fünfzig groß und hasst Wasser, aber er wäre gern so groß und stark wie sein Held Bruce Willis – und noch viel lieber gar nicht auf der Welt. Wie es Wilbur schließlich doch gelingt, sein Leben in den Griff zu bekommen, erzählt Lappert hinreißend, mitreißend und bei aller Tragik der Ereignisse mit unwiderstehlicher Komik. »Bruce Willis ist tot, Wilbur lebt! Und Rolf Lappert ist ein fast märchenhafter Bildungsroman geglückt.« (Walter van Rossum in ›Die Zeit‹)

Der Himmel der perfekten Poeten
Roman

ISBN 978-3-423-**13935**-9

In einem abgelegenen Motel irgendwo in Arizona bietet ein kauziger alter Unternehmer vier Schriftstellern die Möglichkeit, einige Monate ungestört an neuen Projekten zu arbeiten. Doch inmitten von Kakteen und Sand erlahmt die Schaffenskraft der Autoren schnell. Erst als sich zwei Verbrecher im Motel verschanzen, werden sie aus ihrer Lethargie gerissen.

Auf den Inseln des letzten Lichts
Roman

ISBN 978-3-423-**14095**-9

Eine entlegene philippinische Insel, auf der nichts so ist, wie es scheint. Zwei Geschwister, die unterschiedlicher nicht sein könnten: Megan, eine militante Tierschützerin, und Tobey, ein gescheiterter Rockmusiker. Beide haben jeglichen Halt im Leben verloren und sind doch auf einzigartige Weise aneinander gebunden. Eines Tages ist Megan verschwunden, und Tobeys Suche nach ihr wird zu einem lebensgefährlichen Abenteuer …

Michael Köhlmeier im dtv

»Köhlmeier war immer ein Geschichten-Erfinder von Rang, ein Fabulierer wie aus vergangenen, vormodernen Tagen.«
Ulrich Weinzierl in ›Die Welt‹

Abendland
Roman
ISBN 978-3-423-**13718**-8
Die Lebensgeschichten eines exzentrischen Mathematikers, Weltbürgers und Jazz-Fans und seines Biographen.

Die Musterschüler
Roman
ISBN 978-3-423-**13800**-0
In einer Schulklasse war ein Mitschüler zusammengeschlagen worden – 25 Jahre danach wird die Vergangenheit in allen Einzelheiten wieder aufgerollt.

Bleib über Nacht/ Geh mit mir
Zwei Romane
ISBN 978-3-423-**13855**-0
Über eine schwierige Liebe während des Krieges und einen Sohn, der, lang danach, seine Heimat sucht und dem Geheimnis seiner Familie auf die Spur kommt.

Idylle mit ertrinkendem Hund
Roman
ISBN 978-3-423-**13905**-2
Zwei Männer sehen von weitem, wie ein Hund ins Eis einbricht. Einer der Männer holt Hilfe. Der andere kriecht auf einem Ast zu dem Hund und spürt, dass er ihn nicht retten kann …

Madalyn
Roman
ISBN 9778-3-423-**14127**-7
»Seine Heldin ist ein zauberhaftes seelenstarkes Geschöpf, das beim Lesen den Hunger nach großen Gefühlen weckt.« (Gabriele Killert, ›Die Zeit‹)

Spielplatz der Helden
Roman
ISBN 978-3-423-**14252**-6
Drei Südtiroler brechen zu einer Expedition durch Grönland auf. Da vom ersten Tag an Streit herrscht, entwickelt sich die Durchquerung zu einem aberwitzigen Psychodrama.

Die Abenteuer des Joel Spazierer
Roman
ISBN 978-3-423-**14323**-3
Joel, geboren 1949 in Budapest, wächst bei seinen Großeltern auf und ist vier Jahre alt, als diese von Stalins Schergen abgeholt werden. Fünf Tage verbringt er allein in der Wohnung und lernt eine Welt ohne Menschen kennen.